"一带一路"沿线国家经典诗

（第一辑）

主编　赵振江

副主编　蒋朗朗　宁琦　张陵

蒙古国诗选

陈岗龙　编译

作家出版社

译者陈岗龙

陈岗龙

一九七〇年出生，又名多兰，蒙古族，内蒙古扎鲁特旗人。

一九九一年毕业于中央民族大学历史系。一九九七年获得北京师范大学文学博士学位。

现任北京大学教授、博士研究生导师，中国蒙古文学学会副会长、中国民俗学会常务理事兼副秘书长、中国蒙古学学会常务理事兼学术委员、中国作家协会会员、中国红楼梦学会常务理事、内蒙古抢救保护《格斯尔》工作专家组成员。

主要学术代表作有《蒙古民间文学比较研究》《蟒古思故事论》《蒙汉目连救母故事比较研究》《草尖上的文明》《文学传统与文化交流：蒙古文学研究拾瑾》《东方民间文学概论》主要译著有《十方圣主格斯尔可汗传》《老人与海》等。在蒙古国文学翻译和研究方面，出版了《经典解读达·纳楚克道尔基》，《蒙古国女诗人爱情诗选》《蒙古国男诗人爱情诗选》和《蒙古国儿童诗选》等著作。十四岁开始发表蒙古语诗歌作品，著有母语诗集《蒙古人》《泪月亮》《琥珀色的眼睛》《吉祥宝驹》和汉语诗集《多兰诗选》。《蒙古人》一诗多次入选蒙古国中小学教科书。

二〇〇三年荣获霍英东教育基金会第九届高等院校青年教师奖研究类一等奖，二〇〇六年入选教育部"新世纪优秀人才"，二〇一四年获得首届中国民俗学奖。

目 录

总序 / 1

前言 / 1

古代、近代诗歌

绰克图洪台吉

绰克图洪台吉摩崖诗文 / 4

诺彦呼图克图丹津拉布杰

殊性 / 7

轻快的白马 / 8

黄羊母亲 / 10

晴朗的蓝天 / 11

骄傲聪明的铁青马 / 13

贡布道尔吉

老母牛的话 / 15

旱獭的话 / 18

桑达克

春天融雪所说的话 / 22

风中的刺沙蓬所说的话 / 24

被卷入围猎圈的狼说的话 / 25

被迫与驼羔分离租给驼队的母骆驼说的话 / 27

阿格旺丹巴

　　禅诗 / 31

罗布桑敦多布

　　世界的形色 / 34

　　猎鹿 / 35

　　没有永恒的世界 / 36

　　游牧的快乐 / 37

　　呼辉山梁 / 38

杰米扬嘎日布

　　山水赞诗 / 40

民歌

　　劝驼歌 / 43

　　马头琴的开端 / 44

　　小红马 / 46

　　银蹄掌的走马 / 49

　　温顺的枣骝马 / 50

　　小黄马 / 51

现当代诗歌

达·纳楚克道尔基

　　我的祖国 / 60

　　思念 / 63

　　初雪 / 64

　　荒野 / 65

　　四季 / 66

　　我的母亲 / 70

　　离别妻儿 / 71

呈・达木丁苏伦

　　你温柔的两只眼睛 / 74

　　克鲁伦河 / 75

　　世界之美 / 76

宾・仁钦

　　蒙古语 / 79

别・雅沃胡朗

　　银马嚼的响声 / 82

　　岩羊停歇的山峰 / 83

　　我生于何方 / 90

　　哈拉乌苏湖的芦苇丛 / 93

　　只有在蒙古 / 94

　　秋叶 / 95

　　赏心悦目的美丽女子 / 96

　　图拉河在夜晚更美 / 98

米・策登道尔吉

　　我们向着太阳迁徙 / 100

　　谢尔盖・叶赛宁 / 101

　　马头琴 / 103

唐古特・嘎拉桑

　　登山谣 / 107

　　阿富汗朋友的提问 / 108

　　长调 / 109

　　一双枕头 / 110

　　母亲 / 111

　　蒙古传统 / 112

登・普日布道尔吉

　　苏木那达慕 / 114

　　色黑斯查干圣山 / 116

沙·多丽玛

　　成吉思汗的玉玺／126

　　写给儿子父亲的信／128

　　有爱才有生活／130

索·达西道日布

　　明年的那达慕／134

　　献给故乡群山的歌／137

仁·却诺姆

　　传记／141

　　青春年华／143

　　却诺姆的悲歌／146

　　我向他人乞讨我所缺少的／147

　　我为亚洲骄傲／149

沙·苏荣扎布

　　我是上天的儿子／155

　　你沉默不语时／158

　　除了梦没有坐骑／159

道·尼玛

　　草原深夜骏马长嘶／161

　　群山在等我／162

朋·巴达尔其

　　正午的奶茶／164

　　逝者闭目／165

　　山中四首／166

　　母亲的心／168

达·乌梁海

　　色楞格／172

　　秋天的树／173

　　秋天饮马／174

　　永远活着的理由／175

面对微笑一样陈旧的人生 / 177

道·策德布

月光从帐篷的门 / 180

拉·罗布桑道尔吉

马头琴曲 / 182

遥远的身影 / 185

金巴·达西敦多格

五色 / 191

陶·敖其日胡

羁马石 / 194

风中摇曳的草尖 / 195

路人 / 196

人们啊，请彼此鼓舞 / 197

巴·拉哈巴苏伦

孛儿只斤的大草原 / 199

梦的戈壁 / 201

戈壁 / 202

冬·朝都勒

关于只有一个的诗 / 207

我这些让人讨厌的朋友 / 209

我的母语 / 212

致无名英雄 / 215

当·尼玛苏伦

四季 / 218

我爱平凡的一切 / 228

曾·杜拉姆

人字 / 230

戈壁 / 233

世界之三 / 235

呈·其米德道尔吉

　　牧民 / 239

沙·古日巴咱尔

　　团团圆圆的那达慕 / 243

达·图日巴特

　　献给母亲的诗 / 245

高·门德-奥尤

　　四片红叶 / 248

　　草原与大海 / 250

　　暴风雪像白色骏马飞舞 / 252

　　召唤让时间回归的鸟 / 254

乌·呼日勒巴特尔

　　鸳鸯之卵 / 256

　　无言的爱 / 258

奥·达西巴拉巴尔

　　趁我们还活着，彼此珍惜吧人们 / 261

　　我是草原上的苍狼 / 263

拉·蒙克图日

　　蒙古山岭 / 267

　　几只可爱的小鸟 / 269

道·苏米娅

　　和故乡共命运的父亲 / 271

　　泉水中荡漾的月亮 / 272

　　生命 / 273

宾·恩克图雅

　　冬天的爱情 / 275

　　遥远朦胧的星光 / 276

宾·岑德道

　　走失的骏马 / 278

　　天涯 / 279

在成吉思汗的草原 / 280

思考 / 281

云 / 282

我爱你 / 283

晚秋的雨 / 284

胡·苏格勒玛

迁徙 / 286

故乡的石头 / 288

忧伤 / 289

那个女人 / 290

生活是海啸 / 291

天上的蓝色马群 / 292

海·齐拉扎布

我爱我的父亲 / 294

春天 / 295

父母 / 296

乳汁 / 297

幸福和忧伤的颜色 / 298

朝·巴布道尔吉

一头大白象 / 300

心愿 / 301

无常之诗 / 302

眼睁睁地看着 / 304

贡·阿尤日扎那

把握生活 / 307

我不喜欢的月份 / 309

留在天上的鸟的足迹 / 317

献给罗·乌力吉特古斯 / 318

巴·嘎拉桑苏和

为了诗歌维新的百年战争 / 320

说给神听的建议 / 321

在远离温都尔汗的蝴蝶之乡度夏的历史 / 322

朝·呼兰

只读给母亲听的诗 / 325

亚洲 / 327

夜行火车 / 329

巴·伊庆浩日劳

棕色雄鹰 / 331

呼麦 / 333

洒祭 / 334

罗·乌力吉特古斯

水上写的字 / 337

雪落在树上 / 338

我想被解放 / 339

漆黑之中 / 340

在我心中哭泣的一千只鸟 / 341

到达月亮的绳梯 / 342

我与众不同 / 343

午夜下雪 / 344

高·孟克其其格

天堂的影子 / 346

爱情 / 347

生命 / 348

阿·额尔敦敖其尔

黑眼睛 / 350

沉重的祖国 / 353

太阳 / 355

在母亲的心一样的草原上 / 356

人生短暂，我们必须赶紧 / 358

你的微笑给我带来微笑 / 359

岑·布彦扎雅

　　长又长的路 / 361

道·宝鲁德胡亚嘎

　　蒙古语 / 363

　　听赞庆诺日布的交响乐 / 364

　　迎接死亡的诗 / 366

奥·岑德–阿尤希

　　天上打雷 / 369

　　带着无声的忧伤 / 372

巴·巴特札雅

　　白 / 374

　　我的母亲 / 376

　　今天我们俩见面，我哭给你看 / 377

　　生活在不写诗的人们中间 / 378

　　长在山坡上的草 / 379

译后记 / 381

总跋 / 385

总　序

　　二〇一三年秋，习近平主席先后提出建设"丝绸之路经济带"和"二十一世纪海上丝绸之路"（简称"一带一路"）的倡议。"一带一路"一经提出，便在国外引起强烈反响，受到沿线绝大多数国家的热烈欢迎。如今，它已经成了我们在政治、经济和文化生活中最具活力的词汇。"一带一路"早已不是单纯的地理和经贸概念，而是沿线各国人民继往开来、求同存异、构建人类命运共同体的幸福路、光明路。正如一首题为《路的呼唤》[1]的歌中所唱的：

> ……
>
> 有一条路在呼唤
>
> 带着心穿越万水千山
>
> 千丝万缕一脉相传
>
> 注定了你我相见的今天
>
> 这一条路在呼唤
>
> 每颗心都是远洋的船
>
> 梦早已把船舱装满
>
> 爱是我们共同的家园
>
> ……

　　习主席关于构建人类"政治互信、经济融合、文化包容的利益共同体、命运共同体和责任共同体"的主张是人心所向，众望所归。联合国将"构

---

[1]《路的呼唤》：中央电视台特别节目《一带一路》主题曲，梁芒作词，孟文豪谱曲，韩磊演唱。

建人类命运共同体"写入大会决议，来自一百三十多个国家的约一千五百名贵宾出席二〇一七年五月十四日在北京举行的"一带一路"国际合作高峰论坛，就是最有力的证明。

在国与国之间，政治互信、经济融合、文化包容的基础在民心，而民心相通的前提是相互了解和信任。正是出于这样的理念，我们决定编选、翻译和出版这套"'一带一路'沿线国家经典诗歌文库"，因为诗歌是"言志"和"抒情"最直接、最生动、最具活力的文学形式，诗歌最能反映大众心理、时代气息和社会风貌。"'一带一路'沿线国家经典诗歌文库"是加强沿线各国人民之间相互了解和信任的桥梁。

"'一带一路'沿线国家经典诗歌文库"的创意最初是由作家出版社前总编辑张陵和中国诗歌学会会长骆英在北京大学诗歌研究院院会提出的。他们的创意立即得到了谢冕院长和该院研究员们的一致赞同。但令人遗憾的是，在本校的研究员中只有在下一人是外语系（西班牙语）出身，因此，他们就不约而同地把这套书的主编安在了我的头上。殊不知在传统的"一带一路"沿线国家中，没有一个是讲西班牙语的。可人家说："一带一路"是开放，当年"海上丝绸之路"到了菲律宾，大帆船贸易不就是通过马尼拉到了墨西哥吗？再说，巴西、智利、阿根廷三国的总统不是都来参加"一带一路"国际合作高峰论坛了吗？怎么能说"一带一路"和西班牙语国家没关系呢？我无言以对。

古丝绸之路是指张骞（前一六四年至前一一四年）出使西域时开辟的东起长安，经中亚、西亚诸国，西到罗马的通商之路。二〇一三年九月七日，习近平主席在哈萨克斯坦纳扎尔巴耶夫大学演讲时，提出共建"丝绸之路经济带"的主张，赋予了这条通衢古道以全新的含义，使欧亚各国的经济联系更加紧密、相互合作更加深入、发展空间更加广阔，从而造福沿途各国人民。至于古老的"海上丝绸之路"，自秦汉时期开通以来，一直是沟通东西方经济和文化交流的重要渠道，尤其是东南亚地区，自古就是"海上丝绸之路"的重要枢纽。习主席建设"二十一世纪海上丝绸之路"的构想使其在新的历史起点上，有了更加重要而又深远的意义。

"一带一路"沿线国家主要包括西亚十八国（伊朗、伊拉克、格鲁吉亚、亚美尼亚、阿塞拜疆、土耳其、叙利亚、约旦、以色列、巴勒斯坦、沙特阿拉伯、巴林、卡塔尔、也门、阿曼、阿拉伯联合酋长国、科威特、黎巴嫩），中亚六国（哈萨克斯坦、土库曼斯坦、吉尔吉斯斯坦、乌兹别克斯坦、塔吉克斯坦、阿富汗），南亚八国（尼泊尔、不丹、印度、巴基斯坦、孟加拉国、斯里兰卡、马尔代夫、阿富汗），东南亚十一国（印度尼西亚、马来西亚、菲律宾、新加坡、泰国、文莱、越南、老挝、缅甸、柬埔寨、东帝汶），中东欧十六国（阿尔巴尼亚、波斯尼亚和黑塞哥维那、保加利亚、克罗地亚、捷克、爱沙尼亚、匈牙利、拉脱维亚、立陶宛、马其顿、黑山、罗马尼亚、波兰、塞尔维亚、斯洛伐克、斯洛文尼亚）。独联体四国（俄罗斯、白俄罗斯、乌克兰、摩尔多瓦），再加上蒙古和埃及等。

从上述名单中不难看出，"一带一路"沿线国家多为文明古国，在历史上创造了形态不同、风格各异的灿烂文化，是人类文明宝库重要的组成部分。诗歌是文学的桂冠，是文学之魂。文明古国大都有其丰厚的诗歌资源，尤其是经典诗歌，凝聚着国家和民族的精神和理想。各国之间的文化交流与经贸往来，既相互交融又相互促进，可以深化区域合作，实现共同发展，使优秀文化共享成为相关国家互利共赢的有力支撑，从而为实现习主席构建人类命运共同体的伟大目标打下坚实的文化基础。

"一带一路"沿线国家多是发展中国家。长期以来，我们一直比较重视对欧美发达国家诗歌的译介，在"经济一体、文化多元"的今天，正好利用这难得的契机，将这些"被边缘化"国家的传统文化和民族精神纳入"一带一路"的建设，充分发掘它们深厚的文化底蕴，让它们的古老文明在当代世界发挥积极作用，使"文库"成为具有亲和力和感召力的文化桥梁。

"一带一路"沿线国家又多是中小国家。它们的语言多是非通用的"小语种"，我国在这方面的人才储备相对稀缺，学科建设相对薄弱；长期以来，对这些国家的文学作品缺乏系统性的译介和研究。从这个意义上说，"文库"的出版具有填补空白的性质，不仅能使我们了解这些国家的诗歌，也使相关的学科建设和学术研究有了新的生长点。

"'一带一路'沿线国家经典诗歌文库"的现实意义和深远影响已经很清楚了，但同样清楚的是其编选和翻译的难度。其难点有三：一是规模庞大，每个国家一卷，也要六十多卷，有的国家，如俄罗斯、印度，还不止一卷；二是情况不明，对其中某些国家的诗歌不是一无所知也是知之甚少，国内几乎从未译介过，如尼泊尔、文莱、斯里兰卡等国；三是语言繁多，有些只能借助英语或其他通用语言。然而困难再多，编委会也不能降低标准：一是尽可能从原文直接翻译，二是力争完整地呈现一个国家或地区整体的诗歌面貌。

总之，"文库"的规模是宏大的，任务是艰巨的，标准是严格的。如何完成？有信心吗？答案是肯定的。信心从何而来呢？我们有译者队伍和编辑力量做保证。

"'一带一路'沿线国家经典诗歌文库"的编译出版由北京大学外国语学院和中国作家出版社联袂承担，可谓珠联璧合，阵容强大。

北京大学外国语学院是国内外国语言文学界人才荟萃之地，文学翻译和研究的传统源远流长。北大外院的前身可以追溯到京师同文馆（一八六二年）和京师大学堂（一八九八年）。一九一九年北京大学废门改系，在十三个系中，外国文学系有三个，即英国文学系、法国文学系、德国文学系。一九二〇年，俄国文学系成立。一九二四年，北京大学又设东方文学系（其实只有日文专业）。新中国成立后，东语系发展迅速，教师和学生人数都有大幅度增长。一九四九年六月，南京东方语言专科学校和中央大学边政学系的教师并入东语系。到一九五二年京津高校院系调整前，东语系已有十二个招生语种、五十名教师、大约五百名在校学生，成为北大最大的系。

一九五二年院系调整时，重新组建西方语言文学系、俄罗斯语言文学系和东方语言文学系。其中西方语言文学系包括英、德、法三个语种，共有教师九十五人，分别来自北大、清华、燕大、辅仁、师大等高校（一九六〇年又增设西班牙语专业）；俄罗斯语言文学系共有教师二十二人，分别来自北大、清华、燕大等高校；东方语言文学系则将原有的西藏语、维吾尔语、西南少数民族语文调整到中央民族学院，保留蒙、朝、日、越、暹罗、印尼、缅甸、印地、阿拉伯等语言，共有教师四十二人。

北京大学外国语学院于一九九九年六月由英语系、西语系、俄语系和东语系组建而成，下设十五个系所，包括英语、俄语、法语、德语、西班牙语、葡萄牙语、日语、阿拉伯语、蒙古语、朝鲜语、越南语、泰国语、缅甸语、印尼语、菲律宾语、印地语、梵巴语、乌尔都语、波斯语、希伯来语等二十个招生语种。除招生语种外，学院还拥有近四十种用于教学和研究的语言资源，如意大利语、马来语、孟加拉语、土耳其语、豪萨语、斯瓦西里语、伊博语、阿姆哈拉语、乌克兰语、亚美尼亚语、格鲁吉亚语、阿塞拜疆语等现代语言，拉丁语、阿卡德语、阿拉米语、古冰岛语、古叙利亚语、圣经希伯来语、中古波斯语（巴列维语）、苏美尔语、赫梯语、吐火罗语、于阗语、古俄语等古代语言，藏语、蒙语、满语等少数民族及跨境语言。学院设有一个一级学科博士点、十个二级学科博士点和一个博士后流动站，为北京市唯一外国语言文学重点一级学科。学院师资力量雄厚：全院共有教师二百一十二名，其中教授六十名、副教授八十九名、助理教授十六名、讲师四十七名，拥有博士学位的教师一百六十三人，占教师总数的百分之七十七。

从以上的介绍不难看出，北京大学外国语学院的语言教学和科研涵盖了"一带一路"的大部分国家，拥有一批卓有成就的资深翻译家和崭露头角的青年才俊，能胜任"文库"的大部分翻译工作。至于一些北大没有的"小语种"国家，如某些中东欧国家，我们邀请了高兴（罗马尼亚语）、陈九瑛（保加利亚语）、林洪亮（波兰语）、冯植生（匈牙利语）、郑恩波（阿尔巴尼亚语）等多名社科院外文所和兄弟院校的专家承担了相应的翻译工作，在此谨对他们表示诚挚的敬意和衷心的感谢。

有好的翻译，还要有好的编辑。承担"'一带一路'沿线国家经典诗歌文库"编辑出版任务的作家出版社是国家级大型文学出版社，建社六十多年来出版了大量高品质的文学作品，积累了宝贵的资源和丰富的经验。尤其要指出的是，社领导对"文库"高度重视，总编辑黄宾堂、前总编辑张陵、资深编审张懿翎自始至终亲自参与了所有关于"文库"的工作会议，和北大诗歌研究院、北大外国语学院的领导一起，精心策划，全力以赴，保证了"文库"顺利面世。

最后还要说明的是，"'一带一路'沿线国家经典诗歌文库"得到了北大校领导的大力支持。"文库"第一批图书的出版恰逢北京大学建校一百二十周年（一八九八年至二〇一八年），编委会提出将这套图书作为对校庆的献礼。校领导欣然接受了编委会的建议，并在各方面给予了大力支持，校党委宣传部部长蒋朗朗同志自始至终参与了"文库"的策划和领导工作。至于北京大学外国语学院的领导更是责无旁贷地承担了全部翻译工作的设计、组织和落实。没有他们无私忘我、认真负责的担当，完成这样艰巨的任务是不可能的。

"'一带一路'沿线国家经典诗歌文库"第一批诗作即将出版，这只是第一步，更艰巨的工作还在后头；更何况随着时间的推移，"一带一路"的外延会进一步扩展，"文库"的工作量和难度也会越来越大。但无论如何，有了这样的积累，我们完全有理由相信，"'一带一路'沿线国家经典诗歌文库"会越来越好。为了实现这样的目标，我们期待着领导、业内同仁和广大读者的批评指教。

赵振江
二〇一七年秋于北京大学蓝旗营寓所

前　言[1]

　　蒙古民族被誉为是诗歌的民族，可以说诗歌是蒙古国现代文学的半边天。几代蒙古国诗人犹如耀眼的群星照亮了蒙古国诗坛，在不同的历史时期彰显了蒙古国现代诗歌发展的时代特征。本书为国内读者集中介绍和展示了蒙古国诗歌，收入了四十六位现当代诗人的一百五十一首作品，为了帮助读者更好地了解蒙古国诗歌的民族文学传统，也收入了十七世纪以来喀尔喀蒙古（今蒙古国）七位诗人的十九首诗歌作品和六首蒙古民歌。可以说，本书涵盖了从十七世纪绰克图台吉到当今八〇后蒙古国青年诗人的不同时代的代表性诗歌作品，这幅诗歌长卷大致可以反映蒙古国诗歌的历史发展，特别是达·纳楚克道尔基以来蒙古国现代诗歌的发展轨迹和艺术成就。

蒙古国诗歌的口头传统

　　今天的蒙古国，古代叫"外蒙古"，一九二一年蒙古人民革命胜利，一九二四年蒙古人民共和国成立，一九九〇年社会转型后改称蒙古国，蒙古国的主要经济是畜牧业。蒙古国的主体民族是以喀尔喀部族为主的蒙古民族，并有哈萨克等少数民族，国家通用语言是蒙古语。蒙古民族是一个跨境民族，除了蒙古国，俄罗斯联邦的卡尔梅克共和国、布里亚特共和国和我国境内都有蒙古民族聚居，而且从成吉思汗时代以来世界各地的蒙古人就使用回鹘体蒙古文并沿用至今。蒙古国自一九四六年以来改用基里尔蒙古文，但是传统蒙古文和民族传统文化一直没有间断。蒙古国的诗歌传

1　本文写作过程中参考了蒙古国科学院语言文学研究所和乌兰巴托大学编写出版的《蒙古国现代文学史》四卷本以及白嘎勒赛汗教授主编的《二十世纪蒙古国文学》等研究著作，谨表谢忱。

统可以上溯到尚未使用文字时代的古代蒙古人的民间文学，蒙古国诗人的传统也可以上溯到古代蒙古诗歌传统。

蒙古民族是一个诗歌基因很强的民族，可以说诗歌无处不在，诗歌无时不在。我们如果用心观察，在蒙古人生活中的每一个角落和每一个细节里都可以发现诗歌。

春天是大地复苏、候鸟归来、万物得到蓬勃生机的美好季节。因此，游牧蒙古人在候鸟归来的时候举行招福仪式（Dalalga），吟诵优美的《召唤词》，希望通过从南方飞回北方草原的各种鸟类的春天标志来带动和促进五畜繁殖：

当白色的水鸟飞来，
当皑皑的雪山融化，
当白色的母驼下羔的时候，
我们召唤无限的福分！
呼瑞！呼瑞！呼瑞！

当洁白的天鹅飞来，
当遍地的冰雪消融，
当乳黄色母驼下羔的时候，
我们召唤无限的好运！
呼瑞！呼瑞！呼瑞！

到了初夏，蒙古人以母畜初乳洒祭天地诸神举行专门的祭祀仪式（Tsatsal），吟诵《洒祭词》祈求人畜兴旺：

每一棵灌木都是神灵，
每一座山岩都是圣主可汗，
向我们逐水草迁徙的故乡山水，
向我们搭建蒙古包的地方，
向我们所到之处的土地，
用洁白的母畜初乳，
敬献九九圆满洒祭。

　　洒祭词一方面表达人们对万物神灵恩赐的感激之情，敬献游牧生产的第一劳动成果——母畜初乳供天地诸神享用，另一方面祈求神灵继续保佑和赐给更多的恩惠。

　　蒙古人民喜爱赞颂一切美好的事物。赞词（Magtaal）就是蒙古民众赞美和评价生活中的美好事物来抒发美好愿望的民间歌谣。在蒙古民间赞词中，蒙古包变成了珠光宝气的美丽宫殿，蒙古人民长期以来艰难生存和艰苦奋斗的大自然变成了幸福的乐园，羊群就像撒在草原上的珍珠，从而激起了他们斗争的勇气，唤起了他们对美好生活的向往和对故乡的无比热爱。可以说，赞词描述的理想世界牵动着蒙古人民的心，使他们在实际生活中树起了信心，并得到了欣慰。

　　在草原上逐水草游牧的蒙古民族的生活方式是简朴无华的，他们所创造的物质生活也是以简单为基本主题。不断迁徙和转场的生产方式决定了游牧蒙古人的物质生活相对简单和轻便，而且并不适合囤积财富。在人类文明史上，农业社会和工业社会所创造的物质文明多用贵金属和复杂的视觉艺术来展示财富和权力，譬如古代中国的青铜器和西方的雕塑等，艺术品本身就有足够的阐释力和说明功能。而与此相比，游牧民族的物质文明则相对简单而更注重实用性。但是，这并不等于游牧民族没有文化，而是他们有一种"诗歌化"的传统使每一个物品都获得超出自身物质价值的文化内涵。譬如，蒙古人的传统住所蒙古包是一种适合游牧生活方式的节约型建筑，其主要材料就是木头和牛羊毛，轻便耐用，搭建拆迁方便。而新建蒙古包的时候蒙古人都要举行仪式，专门吟诵《蒙古包祝词》或《蒙古包赞词》，用最优美的语言，用最真诚的心情去赞美蒙古包的每一个组成部分，于是就有了赞美蒙古包的诗歌。经过一番《蒙古包祝赞词》的赞美和祝福，蒙古包瞬间变成了幸福的宫殿。可以说，蒙古人衣食住行中的每一件物品几乎没有一件是没有经过吟诵优美诗歌韵律的祝赞词的，这些简单的物品经过一番"诗歌化"的艺术处理，就变成了蒙古人生活中和生命中的"有灵性"的文化用品，从而也就获得了生命。蒙古国早期诗歌深受祝词赞词的影响，"歌颂体"的诗歌传统一直延续到今天，而且一直是蒙古国诗歌的主流。

　　自古以来，蒙古人以能歌善舞闻名于世，蒙古人以悠扬、宽阔的长调民歌和呼麦独特的韵律以及高难度的演唱技巧获得了世界歌曲和音乐中自己应有的地位。蒙古长调民歌产生于蒙古民族游牧经济和生活环境的需求。牧民独自一人在广阔的草原上放牧时，除了高高的蓝天、白云、花草、牲畜和漫无边际的茫茫草原之外，很少见到人影。牧民也需要倾诉心灵深处的渴望、需求、苦闷、爱等感情和思想的对象。所以牧民根据自己生存的自然环境和游牧生产特征选择蓝天白云、广阔的草原、草原上的生灵、花草和他们相依为命的骆驼、马、牛、羊等牲畜作为既是倾诉的对象又是模仿和歌颂的对象，创造了以高高的蓝天和白云、广阔而无边的四季草原如万物复苏的嫩绿的春季草原、花草茂盛的夏季草原、成熟的秋季草原、白雪覆盖的冬天的草原、四季的缘分、新蒙古包、高高的阿尔泰山、冰山、朦胧的阿尔泰山脉、富饶美丽的杭爱、富饶季节的赞美、杭爱的柳条、阿尔泰的马驹、哭泣的白骆驼、奔驰的骏马、调皮的小黄马、飞快的小黄马、小枣骝马、幸福的枣骝马、宇宙的太阳、黄色的芦苇、小枣红马、四岁的棕色马、走马、小山丘的母盘羊、杭爱山的鹿、杭爱山峰、广阔的世界、出嫁的姑娘、迎亲的小伙子等为主题的长调民歌。牧民在广阔的天地之间完全放开心思，自由、放松地诉说、歌唱，释放自己内心的渴望、需求、苦闷，不需要复杂、刻意、华美的词语，用最简单的词语表达蒙古人寂寞、无奈的心情和内心的渴望。这是蒙古长调民歌最初的起源形式。长调民歌是人和自然合而为一、旋律和歌词自然结合的最佳形式。可以用当今流行的话语说，天籁与心籁的完美结合，人和大自然高度自由完美的统一。蒙古民歌在发生学上为蒙古国现代诗歌提供了营养丰富的艺术土壤。蒙古著名高僧诺彦呼图克图丹津拉布杰（一八〇三年至一八五六年）一人一生就创作了一百多首歌传唱至今，而且从蒙古国现代诗歌的开篇之作《锡伯－恰克图》开始，索·宝音尼木赫等蒙古国早期诗人都是用民歌形式创作了很多优秀作品。

蒙古国现代诗歌就是在上述祝词赞词等民间歌谣和民歌的口头诗歌传统基础上发展起来的。蒙古国现代诗歌不仅从蒙古民间的口头诗歌传统中获得了诗歌形式和表达方式，更是得到了抒情的灵感和源泉。蒙古国现代诗歌中不少优秀作品都是蒙古民族口头诗歌传统和现代诗歌艺术创新完美结合的艺术结晶。

蒙古国现代诗歌的百年历程

如果从一九二一年蒙古人民革命胜利算起，蒙古国现代诗歌的发展也快有一百年的历史了。这百年历程是蒙古国现代诗歌在蒙古民间口头诗歌传统和旧文学的诗歌传统（主要是佛教诗歌传统）基础上形成，并在俄苏文学和世界诗歌积极影响下逐渐发展和现代化并走向成熟的过程。这里补充一下，蒙古国首都乌兰巴托过去叫大库伦，是喀尔喀蒙古宗教和政治中心。革命前曾经出过一百多位著名的高僧作家，包括一世哲布尊丹巴活佛温都尔－葛根。他们或用蒙古语或用藏语写了许多诗歌作品，为蒙古国现代诗歌的形成和发展奠定了扎实的基础。

十九世纪末二十世纪初的蒙古诗歌在蒙古民间歌谣和书面诗歌主要是佛教训喻诗（Surgaal shuleg）的传统基础上出现了一些诗人，其中罗布桑敦多布（一八五四年至一九〇九年）传承民歌、好来宝的形式，并结合佛教训喻诗的思想传统，创作了许多脍炙人口的诗歌，并在民间传唱至今。罗布桑敦多布的诗歌在写作技巧和诗歌意境方面和旧的传统诗歌有了明显的区别，已经很接近蒙古国现代文学奠基人达·纳楚克道尔基（一九〇六年至一九三七年）的诗歌风格了。

二十世纪二三十年代是蒙古人民革命取得胜利，蒙古现代文学包括现代诗歌形成的时代。这一时期的蒙古诗歌主要讴歌人民革命胜利，宣传党和政府的方针政策，揭露黑暗的旧社会，批判封建统治阶级（主要是"黄封建"——喇嘛贵族阶层和"黑封建"——世俗统治阶级），同时赞美新时代新事物，向民众宣传新思想、新文化、科学技术和医疗卫生，可以说诗歌和其他文学体裁一样，成了最有力的宣传方式，蒙古国诗歌的主流"政治——人民大众诗歌"开始滥觞。这一时代出现了达·纳楚克道尔基、索·宝音尼木赫、呈·达木丁苏伦、贡·斯日－奥都、道·策伯格米德等早期诗人，他们也是蒙古国现代文学的奠基者。从一九二一年恰克图战役中创作的革命歌曲《锡伯－恰克图》开始，这一时期的诗歌创作继承了蒙古民间文学的口头传统，吸收蒙古民歌的形式和内容的表现手法，接二连三地创作出了许多革命歌曲和诗歌，极大地鼓舞了革命年代的蒙古人民。蒙古国现代文学的奠基人之一达·纳楚克道尔基被送到苏联和德国学习，写出了长诗《从乌兰巴托到柏林》，记录了第一代蒙古知识分子到现代西方国家学习的心路，并写出了《我的祖国》《四季》等脍炙人口的诗歌。蒙古国现代文学的另一位奠基人索·宝音尼木赫也利用蒙古民歌和好来宝的形式写了很多宣传诗。同时代，传统文人中也不乏像乔·巴特－敖其尔（一八七四年至一九三七年）等诗人写出了虽然形式传统但与时代相结合的诗歌作品。

二十世纪三十年代蒙古诗歌最突出的主题就是政治和人民大众，当时诗歌被认为是"政治——人民大众的诗"。蒙古人民刚刚得到解放和自由，建设社会主义新国家，讴歌人民革命党、国家和革命以及歌颂世界革命和革命领袖，特别是歌颂苏联领导人的诗歌成为创作的主流。道·齐米德、索·宝音尼木赫、莫·雅达木苏伦、达·僧格等诗人都写过大量歌颂列宁、苏赫巴托等苏联和蒙古领袖的诗歌。不过，这一时期已经有诗人自觉地追求审美个性和创作手法的创新，在诗歌思想主题和意象方面也注意更多地表现游牧民族的生活和文化传统，也抒发对故乡的热爱和对父母亲人的思念。乌·齐米德写了《杆子马和枣红烈马》《栗色骏马》《关于好马的悼词》等以骏马为主题的诗歌；呈·达木丁苏伦写了在蒙古家喻户晓的长诗《白发苍苍的母亲》，打动了千万个读者；而且达·纳楚克道尔基的《印度姑娘》《秘密情人》和呈·达木丁苏伦的《你温柔的两只眼睛》等爱情诗开启了蒙古国现代诗歌中爱情诗的先河。

二十世纪四五十年代是蒙古国文学进入最复杂、最困难、充满矛盾并且在艺术性和创作手法上跌入低谷的困难时期，这主要是因为第二次世界大战和蒙古国国内政治迫害的环境造成的。写什么？怎样写？这样的一些棘手问题已经难住了作家诗人们，同时第二次世界大战结束后蒙古国国内建设和第一个五年计划、第二个五年计划以及个人崇拜等又给作家诗人们提出了新的要求。不过，国家独立和自由、民族意识觉醒，成为蒙古国诗歌乃至文学的积极主题。这一时期的诗人代表主要是呈·达木丁苏伦、宾·仁钦、策·盖塔布、达·僧格、道·策伯格米德、巴·巴斯特、策·策登扎布、普·浩日劳等。这一时期诗歌的总体特征是描写战争（包括二战时期蒙苏友谊），歌颂爱国主义，创造性地继承和发展了民间文学的形式，塑造了一批典型的形象。这一时期出现了一些爱国主义题材和爱情题材的抒情长诗，如乔·齐米德一九四五年写的《我是蒙古人》不仅在蒙古家喻户晓，而且上世纪末被我国著名歌手腾格尔谱曲后也传遍中国。

二十世纪四五十年代，长诗得到了长足的发展，一批诗人创造性地继承和发扬创新蒙古民间文学特别是英雄史诗、民间故事和祝赞词的内容和形式，创作了一批反映战争年代英雄业绩的爱国主义题材叙事长诗。如乔·拉哈木苏伦的长诗《好汉中的好汉宝鲁德勇士》的题目一看就是传统蒙古英雄史诗的题目。乔·齐米德的《苏赫巴托的宝剑》、德·达尔扎的《英雄浩特勒的赞歌》、德·塔日巴的《呼日勒岱勇士》、宾·仁钦的《媳妇花》等长诗形成了该时期蒙古国诗歌的一道风景，蒙古口头诗歌的传统也在特殊的时代背景下获得了复兴和新生命。而乔·拉哈木苏伦的叙事长诗《栗色骏马》和呈·达木丁苏伦的《元帅乔巴山五十华诞祝词》《献给苏联人民的祝词》是民间文学传统基础上进行创新的代表性作品。

二十世纪五十年代，蒙古国诗坛上除了策·盖塔布、呈·达木丁苏伦、乔·拉哈木苏伦、德·达尔扎、乔·齐米德等诗人外，涌现出了米·策登道尔吉、登·普日布道尔吉、莫·席日沁苏伦、勒·和尚等一批诗人，写出了歌颂国家建设、歌颂人民和祖国发展的美好诗篇。这一时期的诗歌，政治和人民大众的主题仍然占主导地位，不过诗人们在自己的创作中已经更多地自觉表现蒙古民族的生活和情感，将其融入时代主旋律中，从而创作出了一批富有个性的诗歌作品。

从二十世纪六十年代开始，蒙古国文学领域发生了很多新的变化。过去在诗歌领域，政治和大众诗歌占主导地位，而描写自然和抒发个人情怀的诗歌则被戴上"私人诗歌"的绰号，被扣上"抒发小感情"的帽子，这在一定程度上影响和束缚了蒙古诗人的创作热情。到了一九六〇年左右，经过近四十年的努力，蒙古国老中青三代诗人在继承和发扬蒙古口头和书面诗歌传统的基础上，进一步提高和发展政治社会主题的诗歌创作的同时，诗歌的体裁更加丰富多彩，在内容方面，写故乡和人民、写美好事物、写人的内心世界的真正意义上的抒情诗开始登上蒙古国诗坛，而开启这一抒情诗时代的主要代表人物就是别·雅沃胡朗。达·纳楚克道尔基的《我的祖国》被誉为是蒙古诗歌的巅峰。但是，蒙古国早期诗歌创作在民歌和祝赞词等民间文学形式及赞美主题的创作上停滞了三四十年，而从别·雅沃胡朗开始，蒙古国诗歌才进入了真正的抒情诗歌的阶段，因此别·雅沃胡朗的抒情诗是蒙古国诗歌发展史上的光辉里程碑。在这一时期的诗人中，除了别·雅沃胡朗外，登·普日布道尔吉在长诗创作上取得了重大成就，而米·策登道尔吉、索·达西道日布、席日沁苏伦等诗人写出了超越时代的具有蒙古特色并且带有一定哲理思考的深刻内涵的优秀作品。沙·苏荣扎布、普日布苏伦、道·尼玛、沙·多丽玛、仁·却诺姆、别·策登丹巴、朋·巴达尔其、道·策德布等一批青年诗人在蒙古国诗坛上崭露头角，而且他们的诗歌在内容和主题上更加深入，明显表现出了对以往蒙古诗歌赞美倾向的反思，从而在诗歌创作手法上更加多样化。在这一时期的诗歌中，仁·却诺姆的诗歌以其反抗当时意识形态和批判社会政治，受到广大读者的广泛认同。仁·却诺姆是一位才华横溢的诗人，他的很多诗歌都是激情燃烧，一气呵成。

二十世纪七十年代的蒙古诗歌在情感表达、创作手法、写作技巧方面得到了进一步提高，更加注意诗人个性的表达，蒙古诗歌进入了一个全面发展的新阶段。可以说，当今蒙古国诗坛上的代表性诗人巴·拉哈巴苏伦、扎·巴达拉、冬·朝都勒、达·乌梁海、唐古特·嘎拉桑、陶·敖其日胡、乔·达格巴道尔吉、拉·罗布桑道尔吉、曾·奥云、曾·杜拉姆等著名诗人都是在七十年代登上诗坛的。蒙古国诗歌在赞美、激情的同时，达·乌梁海等诗人则追求内心的沉思与灵魂的观照，写出哲理与抒情完美结合的诗篇。一九七四年蒙古国《文学艺术报》发表了诗人达·乌梁海的长诗《我们是内燃机》，引起了极大的争议。而当今被誉为蒙古国最具代表性的诗人巴·拉哈巴苏伦则更注重诗歌的细雕精琢，其创作的每一首诗歌都如同精心雕琢的艺术品。

到了二十世纪八十年代，蒙古国诗歌在创作思想和写作方法上有了明显的整体提高和转变，蒙古国作家诗人向俄苏文学学习的单一模式逐渐被改变，而且随着时代的变化，蒙古国国内的民族精神得到恢复和高涨，民族意识逐渐被强化，这些内外变化自然而然影响了蒙古国诗坛。奥·达西巴拉巴尔和高·门德－奥尤的诗歌以思想深度和意境深远，当·尼玛苏伦的诗歌以感情的细腻脱颖而出，达·图日巴特、策·其木德道尔吉、巴·道尔吉帕拉木等诗人进一步深化了传统诗歌的内涵，当·尼玛苏伦等诗人的作品以抒情的独特风格吸引了读者的心，还有很多诗人的作品更多地追求蒙古社会、蒙古文化的抒情表达，从而蒙古国诗歌在民族文化的抒情书写方面取得了明显的成绩。这一时期，民族精神被强调，过去不能写的一些民族历史主题受到诗人们的追捧，很多诗人写出了关于成吉思汗的诗歌和反思历史题材的诗歌，用诗歌的力量强化了民族历史和民族文化的认同。英年早逝的蒙古国诗人奥·达西巴拉巴尔的诗歌更是把东方的哲学思想和宗教情感融入自己的诗歌中，创作出带有几分禅味的诗歌，深受读者爱戴。

二十世纪九十年代蒙古国发生了社会转型，随着政治社会的巨变，思想领域也发生了变化，过去的思想被全盘否定，而新的思想和原则还没有建立起来还没有健全，这不能不对诗歌在内的蒙古国现代文学带来巨大冲击和复杂多样的影响。一方面，从早期阶段到一九九二年社会转型，绝大多数蒙古国作家都是在苏联接受过专业训练的（不少蒙古国作家和诗人都毕业于高尔基文学院），俄苏文学传统和现实主义创作方法对蒙古国作家的影响是广泛而深远的，而且蒙古国接受世界文学也主要依靠俄文译本来转译，这也就决定了蒙古国译介世界文学过程中经过苏联意识形态的过滤。而从二十世纪八十年代后期开始，这种局面逐渐被打破，东西方文学思潮和创作方法快速被引进蒙古国文学界，现代主义甚至后现代主义成为新成长起来的年轻一代作家的旗帜，并且他们很快就融入到与世界文学接轨的潮流中。如果以往的蒙古国诗人的创作活动基本上是在党和国家的领导或者蒙古作家协会的领导下进行的个人创作，那么到了二十世纪九十年代社会转型以后，青年一代诗人们则更加注意创作风格和流派，自觉地组成创作群体，如一九九五年组建的"ГУНУ诗社"在蒙古国文坛上产生了较大的影响（诗社名称取自著名诗人奥·达西巴拉巴尔的诗集书名），他们更强调蒙古诗歌的东方文学传统特征尤其是独特的审美思想，这些努力更多是展现蒙古诗歌的文学功能和美学价值中的民族性。二十世纪九十年代以来，蒙古国出现了一批青年诗人，他们通过每年一度的"水晶杯"诗歌比赛登上文坛，并很快成长起来。宾·岑德道、朝·呼兰、巴·伊庆浩日劳、贡·阿尤日扎那、罗·乌力吉特古斯、高·孟克其其格、巴·嘎拉桑苏和、朝·巴布道尔吉等青年诗人因为创作手法的新颖和对诗歌的独特理解，找到并形成了各自鲜明的个性和风格，展示了当今蒙古国诗坛青年诗人的群像风景。除了以往的传统题材，青年诗人们更热衷于探索人的内心世界、表达对世界的感受、描写现代化进程中的蒙古年轻人，而且宾·岑德道、贡·阿尤日扎那、罗·乌力吉特古斯等诗人的作品在诗歌思维上有了现代性的深刻烙印。其中，巴·嘎拉桑苏和的后现代主义诗歌给蒙古诗坛带来了战栗，不过习惯于现实主义创作手法的蒙古国文坛很快就接受了巴·嘎拉桑苏和等"黑马"，也开启了蒙古国现代诗歌的多样化创作时代。

　　进入二十一世纪以后，蒙古国的现代诗歌可以说是进入了一个多样化、国际化、民族化的新时代，新一代的诗人成长起来，而且诗人队伍不断壮大（已经无法一一点名），在继承传统和创新的路上各自展现出不同的风格特征。

　　在蒙古国现代诗歌的百年历程中也涌现出了许多优秀的女诗人，她们的诗歌感情更细腻，对生活的观察细致入微，对内心世界的探索和抒写更精密，尤其是她们描写生活和抒发感情的抒情诗表现出了与男诗人们截然不同的无法替代的女性特点。笔者曾经在多年前编选过《蒙古国女诗人爱情诗选》，一出版就成了畅销诗集，深受读者欢迎。在当今蒙古国诗坛上，除了沙·多丽玛等老一代女诗人外，道·苏米娅、胡·苏格乐玛、朝·呼兰、巴·伊庆浩日劳、罗·乌力吉特古斯、高·孟克其其格等女诗人都是蒙古国诗坛上最活跃的中坚力量。她们和男诗人们一起撑起了蒙古国现代诗歌的一片蓝天。

蒙古国诗人构建的"蒙古精神家园"

纵观蒙古国现代诗歌百年历程，一个突出的主题就是"祖国"，不同时代的蒙古国诗人几乎每个人都写过关于祖国关于故乡的诗歌。如果把不同时代蒙古国诗人们写的"祖国"和"故乡"的诗歌叠加在一起，展现在我们眼前的就是一幅美丽的"蒙古故乡"画卷，而且这幅画卷不是单一的平面化的画卷，而是具有不同层次和多层内涵。可以说，蒙古国几代诗人们用他们优美的诗歌作品构建了一个精神层面的"蒙古家园"，而这种诗笔构建的"蒙古家园"，带着情感温度，最能深入人心。如果我们换一个角度，从人类学等现代人文科学的视域去考察蒙古国诗人对自己国家"共同精神家园"的构建，可能更有助于我们在认识论层面上深入理解蒙古国现代诗歌的思想文化价值。

蒙古国诗人对"蒙古精神家园"的构建可以说从蒙古国现代文学奠基人达·纳楚克道尔基的名诗《我的祖国》开始。达·纳楚克道尔基一九三三年写的《我的祖国》中赞美了祖国大好河山，表达了热爱祖国的火热之情。达·纳楚克道尔基的《我的祖国》中被广泛传播的最后一个段落中写道：

> 蒙古的美名被五洲四海世代传颂
> 蒙古的命运把我们的心连在了一起
> 美妙悦耳的母语给了我人生的智慧
> 我的生命和祖国连在一起，永不分离！
> 　这是我生长的地方
> 　辽阔美丽的蒙古！

　　这最后一个段落原来在达·纳楚克道尔基的另一首诗歌《历史诗歌》中。这说明，今天大多数人所熟悉的《我的祖国》的"经典文本"是经过增加《历史诗歌》的相关段落形成的。而加上《历史诗歌》中的这一个诗节，今天读起来应该是画龙点睛，达·纳楚克道尔基的《我的祖国》获得了更广泛的认同，这种认同来自于他在《历史诗歌》中所表达的蒙古悠久历史和民族文化的认同力量，这在当时的苏联压制下的蒙古是最需要的。有学者指出："二十世纪六十年代，得到蓬勃发展的蒙古民族主义倾向在苏联的强制性干扰下，谈论国民文学时，强调民族性要素的程度受到了很大的限制。达·纳楚克道尔基的作品在与苏联和俄罗斯文学的关系方面得到了很高的评价。但在文学流派中达·纳楚克道尔基被列为普希金派，而不是高尔基派。把苏维埃 - 俄罗斯公认的上流人物普希金和贵族出身的达·纳楚克道尔基列在一起，纳入了成吉思汗以来的正统蒙古意识。"把达·纳楚克道尔基列入普希金派，并不是偶然，实际上就是肯定了达·纳楚克道尔基在蒙古文化认同上所做出的贡献。

　　在《我的祖国》之后，"赞美祖国"和"抒写祖国"成了蒙古国诗人创作的一个重大主题，在二十世纪四五十年代的战争时期、六十年代的建设时期，甚至九十年代的社会转型时期，"祖国"的主题从来没有间断过。战争时期的"祖国"主题与保卫祖国的时代要求结合起来，鼓舞蒙古人民保卫和建设刚刚建立起来的社会主义蒙古人民共和国，而同一主题的多数诗歌主要是用现实主义的文学思想作指导，继承和利用蒙古口头诗歌的祝赞词传统，在歌颂的基础上表达出捍卫祖国领土的信心。而随着时代的变迁和蒙古国文学的发展，诗人们对祖国的抒情和抒写也从早期的表面化的"祖国赞歌"走向更加具体、更加深入的多层面的思考甚至反思。诗人们对"祖国"的认识和理解也不仅仅是政治社会意义上的"祖国"和地理意义上的"祖国"，而是"祖国"已经变成诗人的生活和思考的一部分，是诗人人生和生活缺一不可的"有血有肉"的组成部分，于是"祖国"无处不在，无时不在，"祖国"从过去的高高在上的抽象化的赞美的神坛上走下来，成为蒙古国诗人自由思考、自由抒情的对象，从而更具有了情感的内涵和人文的深度。如果说二十世纪三十年代达·纳楚克道尔基在《我的祖国》和《四季》中豪情万丈地赞美了美丽的蒙古，二十世纪四十年代乔·齐米德在《我是蒙古人》中呼出了保卫美丽家乡的决心，那么在二十一世纪初青年诗人阿·额尔敦敖其尔创作的《沉重的祖国》则在忧心和焦虑中抒发了诗人对祖国的沉重的爱。

如果早期的蒙古诗人对祖国的抒写更多的是宏观的，那么发展到后来，诗人们对祖国的抒写变得更加具体、更加细节化，甚至碎片化中表达了自己对祖国的爱。蒙古诗人对祖国的抒写，从早期的民间口头诗歌的祝赞词的歌颂式描写逐渐发展到自觉的个性化的抒情，而且诗歌意象和意境也逐渐深入，逐渐生活化，让读者在阅读中自然而然地感受到祖国的美好和亲切。而这种美好，主要用蒙古故乡的美丽自然和蒙古人民的生活、蒙古民族的文化来从不同的角度塑造了"看得见摸得着的蒙古故乡"，即诗人心灵感受到的祖国，就是"蒙古家园"。

草原、戈壁和阿尔泰山等自然风光是蒙古诗人表现祖国大好河山的常用题材。在达·纳楚克道尔基之前，罗布桑敦多布的《游牧的快乐》、杰米扬嘎日布的《山水赞诗》等已经描绘蒙古独特的自然风光，并且塑造了具有现代意义上的诗歌意境。而数量浩瀚的蒙古草原的诗歌中，一些经典作品脱颖而出，共同构建了"这就是蒙古"的诗歌画卷。譬如，巴·拉哈巴苏伦的《孛儿只斤的大草原》虽然写的是"除了碱葱的白色小花，连安慰我的像样的花都没有的贫瘠草原"，但是写出了"你是尊贵中的尊贵，你是平凡中的平凡，你是看苍天脸色祈求雨水和阳光的沾满乳汁的大地的怀抱"。对这样的大草原，诗人最后发出：

当我两鬓发白
小时候吃的母亲的乳汁
从我的身体里散发出来的时候
我把诗歌留给你
就像留下古老的石人，
压着我的影子跪倒在你的怀里，
把自己永远还给你！
我的孛儿只斤的大草原！

而这样的大草原在比拉哈巴苏伦更年轻一点的诗人宾·岑德道的《在成吉思汗的草原》则有了更多的静静的深远的思考：

在静静沉默的

成吉思汗的草原，
在小小的叶子上
落了一只小小的虫子。
叶子和虫子
枯败也微不足道
繁殖也微不足道。
秋天的老太阳
照耀着叶子照耀着虫子，
就像照耀着成吉思汗……

　　当·尼玛苏伦的长诗《四季》则更是不厌其烦地描述草原四季之美的经典诗歌。

雨滴一滴两滴落下来很美
枯槁已久的草湿透了更美
春天的雪水流向我家也美
偶尔有鸟儿鸣叫美上加美
……
有人在黄昏时分到来很美
又在黎明前赶回去也美
这个世界美得几乎让我哭出来
这个世界美得几乎让我唱起来
……
突然变天天昏地暗很美
远处的东西越来越模糊也美
大风卷起来烟雾倒灌也很美
鹅毛大雪大团大团落下来也美

　　除了大草原，蒙古国诗人写的更多的可能是戈壁。本书收入的巴·拉哈巴苏伦的《戈壁》把蒙古大戈壁写得有血有肉，有情感；曾·杜拉姆的《戈壁》则是有历史厚重感。在诗人笔下，草原和戈壁不仅仅是远眺的风景，而是与诗人灵魂紧紧连在一起，成了诗人自身的一部分，充满了灵性和感性，完全成了诗性的草原和诗性的戈壁。

　　而蒙古国诗人抒写故乡和祖国，不是孤立地赞美和孤芳自赏，而是把祖国、故乡放在全人类共同居住的地球村这个大的语境中思考和抒情，于是有了更加广阔的意境和思想的高度。著名诗人达·乌梁海的一首《色楞格》：

> 我的色楞格变成雪花飘落在喜马拉雅山顶，
> 我的色楞格在红色戈壁变成湿气滋润野驴干裂的嘴唇，
> 我的色楞格在非洲丛林变成雨滴滴落在雏鸟的翅膀上
> 我的色楞格环绕世界流淌
> 我的色楞格围着我流淌……

　　在诗人达·乌梁海的诗歌中蒙古的色楞格河环绕世界流淌，表达了诗人博大的世界胸怀，也表达了对人类共同命运的关注，蒙古与世界同在。而蒙古国诗人在世界的思考中首先对亚洲情有独钟，首先把蒙古看成是亚洲的蒙古。著名诗人仁·却诺姆的《我为亚洲骄傲》：

> 在人心一样辽阔的亚洲大地
> 我是刚学会走路的宠儿，
> 用火红的云彩镶边的亚洲蓝天上
> 我是自由飞翔歌唱的小鸟
> 在无边无际的草原上的湖水里
> 我是自由游戏的鱼儿
> 在踏遍世界的烈马背上
> 我是站在马镫上的神灵
> 我生长在亚洲

　　而女诗人朝·呼兰则用女性的细腻感受到了亚洲的独特内质：

> 向南眺望向东瞭望都是亚洲！
> 在这罪恶埋住善良的世界
> 遮住脸羞愧的东方！
> 从这向外流出，难以启齿的世界

像合十的手掌，神秘的亚洲！

好比太平洋的水不会溢出来

睫毛湿湿的亚洲从来都是在心中哭泣

爱也在心中，恋也在心中，难以启齿是高贵！

……

像不懂事的孩子，世界有时会绝望

焦虑，寻找救星，捶胸长叹

不要到处寻找，希望就在亚洲的心中

亚洲可是从无边无际的蒙古开始的……

　　这里，诗人表现出了"亚洲从蒙古开始"的思想，但是我们还不能急于给诗人扣上"蒙古中心论"的帽子。实际上，世界上所有的民族都是以自己的祖国和土地作为世界的中心进行思考的，我们明白了这一点就不足为奇了，也不会把这样的诗性表达与我们平时接触最多的"西方中心论"相提并论了。在高·门德－奥尤的诗歌中写道：

暴风雪扶着芨芨草节秆停息的瞬间

大地上传来了万马奔腾的隆隆蹄声

在千万匹骏马的蹄下白雪翻滚的草原上

孤零零的一户人家远看像宇宙的中心

　　实际上，诗人就是世界的中心。而这种"诗人胸怀拥抱宇宙"的模式是从别·雅沃胡朗开始的。在《我生于何方》的著名诗歌中，别·雅沃胡朗写道：

主宰着洁白的雪山我降生在世界：

在冒着霜气云雾缭绕的高高山峰

在雪花结冰晶莹剔透的陡峭悬崖

在严冬季节只有牦牛攀登上去的

洁白的雪山上我降生是来做主人。

主宰着原生的草原我降生在世界：

在春天的蜃气若隐若现的旷野上
在公驼发情牙齿打战的严冬山谷
在把恐龙的足迹保存到今天的
原生的草原上我降生是来做主人。
……
主宰着天鹅般的蒙古包我降生在世界:
在没有接缝的洁白氆毡的结实的系绳
在心一样红火燃烧的钢图拉嘎的架子
在千万代蒙古人居住习惯的
天鹅般的蒙古包里我降生是来做主人。

  我们从几代蒙古国诗人的"蒙古家园"抒写中感受到了他们的热情和思想,也感受到了他们并不狭隘的诗人胸怀。在上面谈过的"蒙古家园"模式的框架下,更多的诗人追求的是超越时代局限的"蒙古式"的抒情表达,这种表达主要借助于抒写游牧民族生活、游牧文化以及游牧民族精神,从蒙古人的日常生活到内心世界,他们一直致力于展示和描述独特的"蒙古家园",而且这种抒情和思考一直延续到今天已经在城市化和现代化、全球化语境中成长起来的年轻一代的诗人的作品中。

  读一个民族的诗歌,给人最深刻印象的诗篇都是写这个特定民族的生活、文化和内心世界、独特民族思维的作品,而且往往都是翻译难度比较大的作品。蒙古国的诗歌也是一样,写得最好的诗歌大多都是写蒙古人日常生活尤其是游牧生活、游牧文化的诗歌作品,而且准确翻译成汉语并且保持原汁原味都非常困难。而正好是这些诗歌作品,都是蒙古国诗人们构建"蒙古精神家园"的代表性作品。在蒙古国诗人们的作品中不乏写马头琴、写那达慕、写骏马、写蒙古人独特性格的优美的作品,这些诗歌共同描绘了蒙古人的生活画卷,给人留下深刻印象,读了这些诗歌,你就会明白,"原来这就是蒙古人!"就拿马头琴来说,拉·罗布桑道尔吉的《马头琴曲》中写道:

驯马的老手五指粗壮笨拙有余,
只见过这手和烈马耳朵打过交道,
难以置信一碰琴弦就蝴蝶般飞舞,

柔软得不能再柔软完全没有了骨节。

……

杭爱的群山从天边潮涌而至，

挤进门来只为倾听天籁之音。

遥远的天空在蒙古包外降临，

孩子一样从哈那[1]眼向内窥探。

为了听马头琴演奏，群山变成人群挤进门来，蓝天降临到蒙古包外面，从哈那眼里窥视马头琴手。而在米·策登道尔吉的《马头琴》中写道：

仅仅用两根琴弦

就能道明人间万物的

独一无二的一个民族

生活在亚洲的内陆

……

世界虽然博大

人间虽然复杂

但是两根琴弦

能够说清道明

除了马头琴、那达慕和骏马等蒙古文化符号之外，蒙古国诗人爱写的一个诗歌主题就是母语——蒙古语。从伟大的达·纳楚克道尔基的著名诗句"美妙悦耳的母语给了我人生的智慧"开始，歌颂母语的诗歌在蒙古国诗人中一直没有间断过。别·雅沃胡朗、米·策登道尔吉、仁·却诺姆、沙·多丽玛、奥·达西巴拉巴尔等蒙古国著名诗人都写过歌颂母语的经典诗歌。

蒙古国著名学者和语言大师宾·仁钦的《蒙古语》是至今在蒙古人中广泛传诵的名诗：

入耳就愉悦心灵的人间妙音蒙古语，

是忠勇的祖先留给我们的无价之宝。

1　哈那：蒙古包毡壁的支架。

　　　　每当我倾听母语就惊叹于其韵味无穷，
　　　　更是敬佩盛赞我们智慧超然的人民！

　　青年诗人道·宝鲁德胡亚嘎在"水晶杯"诗歌比赛中获得冠军的诗歌
《蒙古语》中写道：

　　　　在蒙古人居住的辽阔美丽的广袤土地上
　　　　从一颗沙粒滚动到天上雷声轰隆
　　　　用心倾听大地母亲吟唱的所有美妙的声音
　　　　祖先的祖先创造给我们留下了太美的蒙古语！

　　而著名诗人冬·朝都勒在《我的母语》中写道：

　　　　如果这个世界
　　　　收回送给我的一切，
　　　　请一定要把我的母语留下！
　　　　如果要收回我的母语，
　　　　请一定不要把我留下！
　　　　没有灵魂，神就不再是神，
　　　　没有了母语，诗人不再是诗人！

　　蒙古国的诗歌正是这样用优美的蒙古语构建了"蒙古精神家园"，也为
世界了解蒙古这个国家和草原上的蒙古人打开了一扇扇精美而明亮的窗户。
　　希望这本诗集能够为国内读者欣赏和了解蒙古国诗人们精心构建的
"蒙古精神家园"和草原民族打开一扇诗歌的窗户。

　　　　　　　　　　　　　　　　　　　　　　　　　　　陈岗龙
　　　　　　　　　　　　　　　　二〇一八年三月五日于北京大学燕北园

古代、近代诗歌

绰克图洪台吉

（一五八一年至一六三七年）

蒙古喀尔喀部贵族。据立于一六一七年的蒙藏文碑铭《白房子碑刻》，绰克图洪台吉与他的母亲在图拉河流域建造寺庙并请呼和浩特固实绰尔济把《米拉日巴传》译成蒙古文，曾参加《白桦法典》的修订，在喀尔喀蒙古有重要的政治地位。后来与喀尔喀蒙古其他王公之间发生内讧，远走青海并战死。绰克图洪台吉有较高的文学修养，一六二四年刻在图拉河畔绰克图洪台吉家乡的著名的《绰克图洪台吉摩崖诗文》是其代表作。

绰克图洪台吉摩崖诗文

天上所居腾格里
地上所居汗和圣者
虽然上下有别
幸福慈爱性相同。

极乐净土的菩萨
金色世界的善人
虽然处所有别
保佑慈悲性相同。

人间英主的贤臣
阴间阎王的鬼判
虽然礼数有别
明断是非性相同。

觅食不得的人
山林中的走兽
虽然属性有别
杀生捕食性相同。

远偷近盗的贼人
觊觎牲圈的豺狼
虽然形体有别
贪得无厌性相同。

住在鄂嫩河边的我亲爱的姑母

住在鄂尔浑、图拉河病体缠绵的我
虽然喀尔喀和翁牛特相距遥远
相互思念心却相同。

此生若不能再相见
来世也要再相会
就像慈母爱独生子
让我们倾注爱心相助相佑。

诺彦呼图克图丹津拉布杰
（一八〇三年至一八五六年）

　　出生于今蒙古国东戈壁省库斯古勒苏木一个穷苦人家。九岁时被认定为诺彦呼图克图活佛。十九世纪二十年代到四十年代先后建了八座佛教寺庙，为佛教在喀尔喀蒙古传播做出了重大贡献。丹津拉布杰不仅是大活佛，佛教大学者，而且还是诗人，作曲家，戏剧作家，画家。一生写了三百多首诗、十部戏剧，一百多首歌曲，其中蒙古文作品二百多部，藏文作品一百八十多部。丹津拉布杰在一八三〇年左右还在喀尔喀蒙古建立了第一座戏剧舞台，上演蒙古第一部歌剧《月鹃传》等戏剧作品。

殊　性

卓越品性就是完美，
一见你美丽的脸庞
就像那晶莹的镜子，
夺走了我的一颗心。

犹如布谷鸟的歌声
融化发涩僵硬的心，
你温柔亲切的性格
叫我有说不完的话。

相见的瞬间像清风
你婀娜多姿的身上
散发出紫檀的芳香，
叫我禁不住心向往。

轻快的白马

趁着轻快的白马
体壮膘肥的时候，
思念牵着我的心，
去见可爱的情人。

温暖大地的春风，
就要向我们吹来，
欢聚一堂的亲朋，
就要启程回家乡。

父亲健在有依靠，
无忧无虑欢喜多。
细细想来有焦虑，
如此下去会后悔。

雾霭从戈壁上升起，
缓缓铺散向四方，
用爱心养育的人，
杂念为何这样多？

但凡生灵都会有
爱自己的私心。
与其冷眼看世界，
不如大家乐一场。

我忠诚的信仰

与世界格格不入，
我坚强的个性，
绝不会随波逐流。

这些人怎么会理解
我心中真正的爱意？
永不分离的情人，
驻在我心的中央。

即使是野兽豺狼
也会珍惜自己的生命，
啊，我的三宝！
我们如何是好？

圆满一切的喇嘛，
空性结缘皆因果，
在这轮回的世界上，
我们用心去享乐吧！

黄羊母亲

生育我的黄羊母亲，请你
保佑我这个离散迷途的羔羊！
请你用众生之母的乳汁
在每一道轮回中哺育我成长！

中午从头顶掠过的云彩，
也会让人瞬间感到凉爽；
交往多年的友人却为什么，
欺骗了在这里等待的我？

哪怕是烈马，如果用心驯好，
也会成为稳步如流的走马；
我用心结交的友人为什么，
却欺骗了我，让我如此沮丧？

如果巧手掰弯生硬的柳条，
也可以编成装帽子的匣子；
为什么一直深信不疑的友人，
却如此厌倦我们，说了谎话？

我今天方知晓了世道何为，
也见识了虚伪友人的不可信任，
我静坐冥想经历了很多事情，
但愿早日解脱这累人的世界！

晴朗的蓝天

晴朗的蓝天既然一切皆空，
层层白云又是从哪里飘出来的？
内心的深处既然没有原型，
千真万确的景象是如何形成的？

  没有人用五光十色涂抹绘制，
  我们却见过鲜艳的彩虹自然生成；
  没有看得见摸得着的证据，
  我们都能感受高兴和悲伤。

镜中的映象虽然欢笑舞动，
却不是真实，那是眼前的表象。
虽然无人挡住纠缠不清的内心，
但是弹指的瞬间却变幻万端。

  所谓的雾霭是明暗之间的屏障，
  积德和作孽完全是内心的事情，
  梦见古老的历史是梦中幻觉，
  经历生死也是信了轮回的假象。

海市蜃楼虽然看得见也不过虚空一场，
虽然获得了崇高名誉终究还是归空。
魔法虽能以假乱真终究还是不可信，
再迷恋这一生最终还是要宣告结束。

  水中倒影的月亮，
  能够照亮黑暗多久？
  世间的这些友人
  能够与我做伴多久？

朋友和敌人只不过是内心的划分，
在净空中，杀戮和救赎何在？

我们只有一个舌头却品尝百味美食，

内心虽然有千变万化却有明辨的方法。

认清这一生乞丐也幸福，

祝愿一切生灵获得解脱！

啊，喇嘛上师永驻在我心，

安详地在中空永远享乐！

骄傲聪明的铁青马

骄傲聪明的铁青马，
我要捉来吊膘骑上，
登上高高的杭爱[1]梁，
任凭它自由颠步跑。

我唯一的情人她呀，
要嫁到遥远的地方，
可是她在我的心底，
犹如在镜中般醒目。

在我内心的最深处，
无法忘记可爱的你，
一阵一阵地想念你，
犹如一根细针刺我。

多么希望心想事成，
多么希望不再分离，
美丽可爱的情人啊，
愿你解脱出这色界。

1　杭爱：蒙古语，山名；指地形，山地。

贡布道尔吉

（生卒年月不详）

　　巴达尔沁·贡布道尔吉，十九世纪下半叶至二十世纪初生活在喀尔喀蒙古（今蒙古国），用藏文和蒙古文创作了《老母牛的话》《旱獭的话》等脍炙人口的作品，是蒙古"话语文学"（üg zohiol）的代表性作家。巴达尔沁，蒙古语，意为托钵僧、云游僧、化缘僧，从作品内容中透露的信息判断，贡布道尔吉可能是一位在佛教寺庙受过教育并云游四方的喇嘛。贡布道尔吉的诗歌作品通过动物与人类的对话和对白，用因果报应思想劝解人们珍爱生命，尊重生命，虽然贯穿佛教轮回思想，但有积极的思想价值和文学价值。

老母牛的话

枯瘦如柴疲惫不堪的老母牛
即将被屠宰食用，魂见阎王之前，
百般哀痛千般呻吟，哭嚎不停，
它说了很多话，句句有道理。

很久以前我来到这个世界，
长出了犄角和坚硬的蹄子，
和很多伙伴一起快乐成长，
繁衍了子孙后代，
贡献了乳汁和子畜，
主人爱我犹如爱一块黄金。
我在草原上自由吃草，
平安无事天天幸福，
可时光飞逝一去不返，
我的奶水逐年减少，
产下的牛犊越来越少，
吃草的牙齿脱落松动，
坚硬的蹄子磨损断裂，
周围的牛群开始欺负我，
主人也做出了最后的决定，
找来结实的绳子把我捆绑。
如果早知道是这样的结局，
我会逃到荒无人烟的远方，
哪怕钻进沟壑藏起来也好，
哪怕攀上悬崖躲起来也好，
真想像野生黄羊那样自由，

真想有不坏肉身免于死亡，
真想有个地方去反抗喊冤，
真想身怀魔法躲过这劫难。
呜呼！
我能怎么样呢？
说不完的甜言蜜语来欺骗，
使不完的快刀大斧来折磨，
看来我已经无法活着摆脱
阎罗王般狠心的屠夫之手。
但愿他们的快刀缺刃变钝，
但愿他们的斧头把柄折断，
但愿他们的坐骑弃主逃走，
但愿他们从马背上摔下来，
但愿他们从我的眼前消失，
希望我的同伴们来保护我，
把我从屠夫阎罗手中救下！
呜呼！
我已经完了！
我的心在颤抖不止，
我的浑身疼痛难忍，
我的五脏六腑充满恐惧，
我头顶双角昏昏沉沉，
世界在我眼前渐渐模糊，
因为种种原因落了如此结局。
这样哭诉我的遭遇，
可能有几人反思内心？
我从此舍去了肉身，
但愿不出偏差获得法身，
大叫一声，便瘫倒在地。

喜欢吃肉的主人们

龇牙咧嘴，露出锋利的牙齿，

用木盘装满剖好的牛肉

还分给四方的亲朋好友。

满世界自由流浪的

巴达尔沁贡布道尔吉

听了被屠宰的老母牛的话

生了悲悯之心，传达给众生。

家有牲畜的人啊，

请多多反思得失吧，

爱护牲畜，尽量少屠宰，

少杀一两只，它们也是生命！

旱獭的话

因为命中注定的因果轮回，
我转生为一只平凡的旱獭，
在荒无人烟的山沟里转悠，
在附近的深山里藏身活命，
到了花草芬芳的温暖季节，
我们钻出洞来吃各种青草，
还没填饱肚子正枯瘦疲惫，
苍天有眼降下丰沛的雨水，
让大地上的青草茂密繁盛，
我们饱餐一顿肚子圆滚，
开始在草原上打滚嬉戏，
因为可怕的命运之故，
我们的皮子开始值钱，
猎杀我们的猎人日益增多，
我们已经千方百计捍卫生命，
不论从哪个方面去想
我们除了生命，没有任何武器。
如果不能躲过这场浩劫，
哎呀，我们真是可怜透了！
如果我们挖洞钻到地底下，
他们就用烟把我们熏出来，
要么用铁钩把我们钩上来，
要么用铁钎子凿土翻出我们，
要么洞口放夹子捉住我们。
即使我们跑出去逃走，
也躲不开他们的火枪射击，

也逃不脱他们放狗追咬。
请你们救救灾难临头的我吧！
想扑上去搏斗奈何我力微，
想拔腿逃跑奈何我腿短，
想火力相见奈何我没有枪械，
想刀枪相见奈何我没有刀枪，
想同归于尽奈何我没有能力。
走到哪儿都没有我立身之地，
请听我苦苦诉说我的遭遇，
如果有怜悯我的朋友请帮我一把！
我的肉不满一锅却给我带来了灾难？
我的皮不足一尺却给我带来了灾难？
转生为旱獭却给我带来了灾难？
命里注定不能解脱我才遭遇灾难？
因为不能主宰饥寒交迫，
所以每天奔波于吃草填肚，
好比捕食弱者的饿狼一样
踮起脚悄悄靠近我的这些猎人
是因为仇恨之心要杀死我们？
还是因为饥饿想饱餐一顿？
难道是一时杀生不算造孽？
难道真想承受永远的惩罚？
其实你可以将心比心，
可怜可怜我，有没有屠杀的必要？
去年你们已经把旱獭猎杀殆尽，
今年仅剩下几只，我幸存其中，
杀生的罪孽结成恶果，
你将会承受语言无法言说的痛苦。
连做畜生的我都清清楚楚
爱护生命是天人遵守之道。

请勿杀生啊人们，当你们杀生

当你在马鞍的前后鞍桥上拴着几只旱獭

好比杀死敌人从战场凯旋一样威风无比

可没有忘记你们还有来生吧？

在地狱里我们对簿公堂的时候

虽然你在今世是胜者，但去了地狱就不一定。

猎人你最后将会变得最可怜，

就像我今天这样的可怜。

从今以后请截断杀生，

直到获得佛果。

愿你凭借放生的业力，

脱离轮回之苦，

托生到极乐世界。

将来解脱轮回之身，

托生到极乐世界！

凭借给众生的佛法之力，

祝众生都成佛！

遵照大德喇嘛的教诲，

托神圣寺庙中学习的功德，

虽然未能学明深奥的理论，

只记住简单明白的词句，

不是心血来潮才写这些，

虽然对众生帮助不大，

但是心想能够帮助一两个生灵也好，

就写了特殊的几句话。

再三反思意义不大，

于是不想让人见到，

一把抓起投入火中，

犹豫了片刻，又将手收回。

桑达克
（生卒年月不详）

十九世纪末至二十世纪初生活在喀尔喀蒙古土谢图汗部戈壁莫日根王旗（今蒙古国东戈壁省赛罕多兰苏木），是蒙古"话语文学"的代表性诗人。

春天融雪所说的话

趁着冬天严寒的劲头，

依仗自己丰满的身躯，

严严覆盖了辽阔草原，

让草尖结上了冰霜，

让天地卷入暴风雪中，

让牛羊牲畜受灾死亡，

那可叫我真是幸灾乐祸。

春天来临了，

暖风吹开了，

大地解冻了，

我浑身被撕破了，

心中无比悲伤了。

原路返回吧，

青春活力不再有；

继续赖在这里吧，

又如何承受这热风？

来不及思考更多，

就在原地顺其自然

化成雪水结束自己吧。

我美丽洁白的身躯

成了沙砾上的涓涓细流，

让那些我讨厌的动物饮用，

我最初的雄心梦想

随风飘散无影无踪。

我变成溪流，

顺着每一条沟壑流淌，

变成畜群的饮水；
顺着坡地流淌，
变成羊群的饮水；
顺着山沟流淌，
变成牛群的饮水。
我最终自身难保，
化成雪水统统流尽。

风中的刺沙蓬所说的话

因为种子好，才长得茂盛；

因为根子浅，所以风一吹就散了。

我生长在盆地里，

是被昨天的风刮跑的。

要到哪里去？只有风知道。

要在哪里落脚？绊住我的灌木知道。

我自己呀，

只能在风中滚来滚去。

最终掉到沟里躺下来，

与沙子和干草搅在一起，

于是变成了调皮孩子的玩具，

连山羊羔都欺负我踢来踢去。

被卷入围猎圈的狼说的话

我是一匹

生活在野外的狼，

刚偷盗人家的牲畜饱餐一顿，

正准备回到老窝

美美地睡上一觉，

可谁知旗里的诺彦[1] 带头，

领着善战的军队，

骑着飞快的骏马，

像一阵风把我追赶。

我本来是乞丐，

却被命运注定为强盗，

今天要去地狱，

我该如何才好？

看那北边的山啊，太遥远了！

山这边的草原啊，太宽广了！

两条后腿啊交错不开了，

还能说什么？

淡黄马呀眼看就追上来了，

还能说什么？

有了多疑和猜忌

方可保住的一条命啊！

因为跳得远跑得快

才能维持的一条命啊！

无论白天黑夜，

---

1 诺彦：蒙古语，长官。

25

被饥饿所驱迫

我才不择手段

去抢夺食物啊！

我本不曾劳有所获

只有不祥的可悲命运，

我本没有自己的财产，

只有不出息的可悲运气。

很早开始我就喜欢

用嘴频频拱着

咬死幼小的羊羔，

其实它们的死有多的可怜！

天啊！后悔也来不及了！

咬死它们的当初，

那是让人垂涎的美食；

想想来世的时候，

真是天大的罪孽啊！

生在山沟里的

斜吊眼的恶狼我呀，

就算想得再多，

也无法逃脱这围猎圈了，

现在，诺彦你救救我吧！

被迫与驼羔分离租给驼队的母骆驼说的话

因为前世因缘，
你我成为母子，
自从我得到了你，
就小心孕育你的生命，
直到孕周足够让你降生。
在你年龄幼小之时，
我百般疼爱养育你成长，
谁知我们的命运在主人手里，
今天让我们母子分离。
我们虽然是牲畜
也知晓人伦之道，
我用淡黄的乳汁
哺育我的驼羔成长，
一瞬却让我们分开，
又是什么道理？
我驮着沉重的货物，
要去遥远的地方，
随着驼队累死累活，
我那小小的驼羔呀，
它可曾觉察到没有？
你圆溜溜的黑眼睛
四处瞭望无边的草原，
看见远处模糊的身影，
虽然无法辨认，
却以为那就是妈妈，
可怜地东张西望，

呼扇呼扇地颠跑过去？

见到其他驼羔和妈妈在一起

就高兴地跑过去，

走近一看却不是自己的母亲，

于是累得四肢乏力，

倒在地上痛苦流泪？

听到了野外的声音，

就产生了幻觉，

像风中的刺沙蓬一样颠跑？

在看不见的地方

听到了母驼的叫声，

以为是自己的母亲，

左顾右盼四处寻找，

等着见到母亲的那一刻？我的孩子！

自从出生那一天开始

寸步不离地跟在身边，

我们突然被强行分离，

你无法承受巨大痛苦，

频频噘起嘴唇颠跑？我的孩子！

找遍了自己的牧场仍不见影，

你就不顾自己幼小独自出走，

会不会掉进深沟丧命啊？我的孩子！

如果前世因缘没有了断，

希望我能平安回家，

见到我心爱的孩子，

圆了母子相见的愿望吧！

主人的苏力德[1]啊！请您保佑

1　苏力德：蒙古语，精神象征。

让我早日脱离这个苦差，
快快回到我心爱的驼羔身边，
让我们母子平安相见吧！

阿格旺丹巴
（一八一四年至一八五五年）

喀尔喀蒙古赛音诺颜汗部伊利登贝勒旗人，在佛教哲学、教义方面用藏文写了不少著作，流传至今。

禅　诗

在荒野深山中流浪寻食的豺狼
和总是贪图财富永不满足的我
在世人眼中虽然外貌特征不同
但是寻找食物的心却是一样的。

用毒针螫刺一切的凶悍的蝎子
和伤害高尚、中庸和低贱的我
比较起来虽然人和虫外形不同
但是藏着毒针的黑心是一样的。

威震四方的力大无比的雄狮
和难以抑制怒火的好斗的我
虽然外貌相异种类不同
但是不被驯服的雄心却是一样的。

偷盗粮食积攒种子过冬的田鼠
和为了维持生活奔波劳碌的我
虽然老鼠和人类的物种不同
但是积累财富的欲望却是一样的。

披上虎皮也改不掉愚蠢的毛驴
和穿上绸缎把自己当成富人的我
从远处看虽然形貌特征截然不同
但是走近认真端详本质却是相同。

模仿重复别人唬人的训话的鹦鹉

和没有心灵领会只会嘴上讲的我

虽然人类和鸟禽的思维各有区别

但是一知半解胡言乱语是一样的。

叫它"阿尔斯楞"[1]就会跑过来的狗

和贪图虚名希望被人夸赞的我

人狗有别虽然人眼看狗狗不如人

但是不顾一切追求虚荣是一样的。

---

1 阿尔斯楞:蒙古语,意为狮子。蒙古人习惯给狗取名"阿尔斯楞",希望牧
   羊犬像狮子一样勇猛。

罗布桑敦多布

（一八五四年至一九〇九年）

喀尔喀蒙古札萨克图汗部呼辉山旗（今蒙古国乌布苏省温都尔杭爱苏木）人，因世袭官爵，人称"罗公"。创作过《汗呼辉赞》《快步稳走的花马》等脍炙人口的诗歌，在蒙古民间传承至今。

世界的形色

就让天空生起乌云下一场雨吧！
掀开门帘我希望闻到雨水的气息。
就让雨水冲走我的罪孽吧！
让语言像雨水一样倾泻下来。
让百花盛开，让草原变得五彩缤纷吧！
我多么希望在我的心中百花怒放！
让风儿吹来，让花草散发出迷人的芳香，
让杂念随风飘去，让我的心灵变得纯洁！
啊！当我闭目冥想，
世界在我的心中翻转不停。

猎　鹿

狩猎的人们云集在一起，
快马加鞭打破了宁静，
争前恐后钻进了树林，
像蛛丝般网住了猎物。
带枪的猎手沿着小径
向猎物悄悄地靠近，
无枪的猎手拍着马镫
轰撵猎物跑进围猎圈。
鹿角一闪而过的瞬间，
枪声一响，时间被定格。
高傲地抬着十支犄角的头，
鹿就像大象一样轰然倒地。
啊呀！我的朋友，
鹿且珍惜自己的犄角，
何况我们人类，
快快放弃罪恶珍惜名声吧！

没有永恒的世界

所谓的永恒其实没用，
永生甘露喝了又怎样？
你的身躯和年龄，
不可能延续万年。
而你杰出的著作，
会被珍藏，流芳千古。
连树都会生长和枯死，
何况人类从生到死。
山上的老树如果茂盛，
会变成一片林海；
人中的老者如果渊博，
会繁育有智慧的子孙。
愚蠢的人都会妄想
所谓的永垂不朽，
只有心胸宽广的人
才会思索长寿和智慧。
在这短暂的一生中，
我们明辨善恶才是。

游牧的快乐

为了登上高高的呼辉山，
我们翻越了二十座高山，
前面骆驼的尾巴
打在后面骆驼的鼻子上，
驼峰上的驮子和绑绳
沉甸甸地向后滑去。
爬山越岭的骟驼
全凭嘴里灌了烈酒，
主人和牲畜全都这样
借神药般的烈酒来助兴，
登上黄羊脊背般平坦的山顶，
那里已经离开了地面离天只有咫尺，
我们和庶民一同在那里扎了秋营地。
喝下一桶又一桶的马奶，
举行了不同年龄的赛马，
大力士们比试角力，
神箭手们百发百中。
探讨我们的法典律例，
晚上进行白木游戏，
把德高望重的老人
请上最高贵的座位，
让孤寡老人和穷人
也分享到生活的快乐，
我们歌声不断琴声悠扬，
我们斟满酒杯享受快乐，
与其扎堆在库伦争抢座位，
不如自由迁徙游牧生活，这才是我们的幸福。

呼辉山梁

呼辉山的山梁啊，
罩着寒冷的云雾，
眼泪汪汪的你呀，
叫我如何忘记你？

岩石陡峭的山顶，
罩着浓浓的雾霭，
想起你深深地爱我，
叫我如何忍心离开？

岩石陡峭的地方，
一定要小心行走，
远走他乡人心叵测，
一定要多留心眼。

离开家乡路途遥远，
请骑上你的淡黄马，
嫁到远方的你呀，
希望相隔不远照应。

杰米扬嘎日布
（一八六一年至一九一七年）

　　佛教大学者，文学理论家，诗人，启蒙思想家，出生于喀尔喀蒙古赛音诺颜汗部（今蒙古国北杭爱省杰尔嘎朗特苏木）。用藏文撰写了十三卷佛教著作，一九〇三年至一九〇四年完成了深入研究古代印度檀丁《诗镜论》的杰出著作，十三世达赖喇嘛赐予他"额尔德尼－莫日根－班智达"的称号。

山水赞诗

没有人召唤与驱赶，牦牛都自己攀爬到山岩上，

没有人修饰与装扮，满山遍野点缀药植园的花草，

没有人搬来与堆放，却自然有了须弥山的巍峨，

没有人提前准备，所有的资源汇聚在这个地方。

水中倒映的天空中央，满载雨水的云朵沉浮飘动，

从云中伸出闪电的枝杈，枝头闪烁着一束束火光，

夏天空中的巨大鼓声，一声接一声响彻天庭，

一阵一阵的雨点溅了一地，淋透了山川和草原。

民　歌

劝驼歌

你那金黄色的乳汁
在为你可爱的驼羔流淌啊！
为什么不理你可怜的驼羔
铁石心肠地把它嫌弃呀！
　　饥饿的驼羔黎明醒来寻找母亲，
　　快来喂它浓香的乳汁吧！
　　呼斯 呼斯 呼斯
　　呼斯 呼斯 呼斯！

你那洁白的乳汁
在为你的小驼羔流淌啊！
为什么遗弃你幼稚的驼羔
把它从身边赶走呀？
　　饥渴的驼羔在围着母亲哭泣，
　　发发慈悲喂它奶汁吧！
　　呼斯 呼斯 呼斯
　　呼斯 呼斯 呼斯！

你那流淌不止的乳汁
在召唤你小小的驼羔啊！
鬼迷心窍的你为何厌倦了亲骨肉
像一块补丁一样把它遗弃在荒野呀！
　　被弃的驼羔在黄昏中哭泣，
　　狠心的妈妈呀！孩儿想吃你的乳！
　　呼斯 呼斯 呼斯
　　呼斯 呼斯 呼斯！

马头琴的开端 [1]

泽——
在马头琴开端的
悦耳的音乐中,
我们相聚在一起,
共同歌唱庆祝。

泽——
开满杭爱山
随风飘动的
五彩缤纷的花
如此美丽动人。

泽——
有着迷人眼睛
纯洁善良的
我心爱的人啊,
你过得好吗?

泽——
开满山坡
随风飘舞的
五颜六色的花
如此美丽迷人。

---

1 译自【蒙古】浩·散皮勒登德布搜集整理:《蒙古长调民歌》,国家出版社
一九八四年,第十六至十七页。蒙古国科学院语言文学研究所出版:《蒙
古民间文学集成》丛刊第五卷。

泽——
当那黑骏马
膘壮的时候
我怎能忘记
可爱的你呀？

泽——
愿如意珍宝
保佑普度众生
歌唱马头琴颂
过着幸福生活。

小红马[1]

骑上小红马，
踏上了路途，
前方路遥远，
做好准备吧。

他乡作客时，
多留几个心眼儿，
跟人说话时，
简单要清楚。

他乡天空陌生，
他人不好接触，
隐蔽处陷阱多，
传言不可信赖。

过森林地带，
要多加小心，
走鬼出没地带，
要多加祈祷。

骏马有些冒失，
需要经常提醒，
前方道路险恶，

1　译自【蒙古】浩·散皮勒登德布搜集整理：《蒙古长调民歌》，国家出版社
　　一九八四年，第二五一至二五二页。蒙古国科学院语言文学研究所出版：
　　《蒙古民间文学集成》丛刊第五卷。

需要提高警惕。

请你越过
北边的山坡，
请你孝敬
年迈的父母。

请你越过
南边的山坡，
请你得到
兄弟的爱戴。

山谷沙地多，
请不要回头。
他乡人陌生，
请尊重他们。

山谷平原多，
请灵活处世，
结交陌生人，
要多加小心。

骏马当中的
母马可怜，
孩子中间的
女孩可怜。

高处喂雏的
母鸟可怜，
宠爱孩子的

父母可怜。

寒冬开花的
梅花可怜，
嫁到远方的
女儿可怜。

银蹄掌的走马

银蹄掌的走马呀，
冰上疾走吃力呀，
黑眼睛的姑娘啊，
以为你我有缘啊。

两耳翘起的小黄马，
以为你会跑得快呀，
温柔可爱的姑娘啊，
以为你我有缘啊。

北山有棵黄叶树，
远看好像金子呀，
爱慕眷恋的姑娘，
以为你我有缘啊。

温顺的枣骝马

温顺的枣骝马呀，
等着秋天乘骑呀，
性格温柔的情人啊，
到了秋天相会啊。

修长的淡黄马呀，
骑着去见心上人呀，
漂亮可爱的恋人啊，
想听你的心里话啊。

小黄马[1]

奔跑的小黄马
扰乱了我的心，
温柔可爱的她，
让我百般牵挂。

牵着换骑的马
越过了小山丘，
看不到她身影，
我两眼泪汪汪。

用鼻勒[2]能制止
哀鸣的骆驼呀，
用什么来抚平
我悲伤的心啊？

用绳子能捆住
颠簸的驮子啊，
用什么来安慰
我痛苦的心啊？

她美丽的家乡，
水草丰美啊，

1　译自【蒙古】浩·散皮勒登德布搜集整理:《蒙古长调民歌》，国家出版社
　　一九八四年，第八十九至九十一页。蒙古国科学院语言文学研究所出版:
　　《蒙古民间文学集成》丛刊第五卷。
2　鼻勒:蒙古语，穿骆驼鼻子的小木栓，牵驼用。

娇生惯养的她呀，
如何在他乡生活？

她的家乡
隐约可见
想念她的心
越发热烈。

为什么粉碎
洁白的石头？
为什么拆散
相爱的恋人？

为什么打碎
硕大的石头？
为什么指责
有缘的恋人？

在那仁布拉格[1]
等你等到天黑，
如果你心依旧，
你就过来见我。

故乡的山丘啊，
牵动着我的心，
我是否徒劳地
为你流干眼泪？

1　那仁布拉格：蒙古地名，意为太阳泉。

山上积的白雪
滋润美丽的山冈，
爱上狠心的人，
到头来苦比甜多。

炙热的阳光啊，
为什么烘烤万物？
嫁到远方的她呀，
为什么被人遗忘？

火辣辣的太阳下
世界为什么枯竭？
嫁到远方的她呀，
为什么如此孤独？

雪白的高山上，
结下了一层霜，
我和心爱的她
分别时刻已到？

可爱的小黄马，
奔向它的马群，
爱人的眼神啊，
人群中如此迷人。

换骑两匹骏马，
能走更远的路，
从来没有想过
心爱的你糊涂。

草原和山脉啊，
总被云雾遮盖，
相见多么困难，
是命运的安排。

累垮骏马的
是无边的草原，
拆散恋人的
是迁徙和旅途。

你迁移走的家
在泪眼中再现
遥望你的背影
两眼噙满泪水。

欢歌笑语的是
湖里游戏的鸟，
千里相连的是
你和我的心。

小黄马的碎步，
考验我的耐心，
恋人说过的话，
让我内心惆怅。

走不到尽头的草原，
累垮了骏马，
逐水草的迁徙，
拆散了恋人。

你迁移走的家，

在天边若隐若现，

望你迁走的背影，

我两眼泪水汪汪。

现当代诗歌

达·纳楚克道尔基

（一九〇六年至一九三七年）

蒙古国著名诗人，作家，剧作家，蒙古国现代文学奠基人之一。出生于喀尔喀蒙古土谢图汗部达尔罕亲王旗（今蒙古国中央省巴彦德勒格苏木）一破落贵族家庭。曾经任过笔帖式、蒙古军事委员会秘书、团中央少先队工作局局长等，一九二五年至一九二九年留学苏联和德国，一九三〇年回国后在蒙古科学院任历史研究所和语言研究所所长。后受迫害，酗酒影响健康，于一九三七年英年早逝，年仅三十一岁。达·纳楚克道尔基被誉为"蒙古的普希金"，在其短暂的一生中创作了脍炙人口的诗歌、小说和戏剧等文学作品，诗歌《我的祖国》《四季》、小说《白月与黑泪》《喇嘛爷的眼泪》、歌剧《三座山》等在蒙古语读者中家喻户晓，并深刻影响了我国几代蒙古族作家。习近平主席在访问蒙古国期间吟诵了达·纳楚克道尔基的名诗《我的祖国》。二十世纪五六十年代，达·纳楚克道尔基的歌剧《三座山》被改编成京剧在我国各地公演，积极推动了中国现代京剧的改革。蒙古国政府以达·纳楚克道尔基的名义设立的文学奖"达·纳楚克道尔基奖"是蒙古国最高文学奖项之一，具有崇高地位。

我的祖国

肯特、杭爱、萨彦岭高耸入云的巍峨山脉
连绵起伏在北方的翠绿群山
漠南、沙尔嘎、诺敏无边无际的金色戈壁
浩荡弥漫在南方的茫茫大沙漠
    这是我生长的地方
    辽阔美丽的蒙古！

克鲁伦、鄂嫩、图拉碧波荡漾的江河
甘露般滋润众生的涧水、小溪和山泉
库苏古勒、乌布苏、贝尔深蓝的湖泊
乳汁般哺育人畜的沙漠绿洲和淀海
    这是我生长的地方
    辽阔美丽的蒙古！

鄂尔浑、色楞格、呼辉清澈晶莹的河流
蕴贮无穷宝藏的深山野岭
记录苍苍历史的碑石和城墟
伸向天涯海角的宽广道路
    这是我生长的地方
    辽阔美丽的蒙古！

威严壮丽的雪山在远处银光闪闪
茫茫原野在蔚蓝的天空下平坦如垠
走上高高的山巅，四处瞭望
故乡让我的心神变得草原般宽广
    这是我生长的地方

辽阔美丽的蒙古!

山林和戈壁之间是喀尔喀辽阔的故乡
是马背上的蒙古人纵横驰骋的美丽地方
一条条山谷中回荡着我们狩猎的喜悦
一望无际的原野上留下了骏马飞驰的身影
　　这是我生长的地方
　　辽阔美丽的蒙古!

微风中摇曳的青草芳香迷人
神奇的幻影中茫茫草原疑是梦中仙境
深山密林自古辈出英雄好汉
神圣敖包的盛大祭典世代相传
　　这是我生长的地方
　　辽阔美丽的蒙古!

摇篮般的圣山中有安详长眠的祖先
慈祥的大地繁衍了自强不息的子孙
遍地牛羊的牧场,美丽富饶的草原
是我们蒙古人热恋的故乡
　　这是我生长的地方
　　辽阔美丽的蒙古!

严寒冬天的大地一半是冰雪一半是苍穹
高山在天边闪耀着琳琅的寒光
温馨夏天的草原一半是鲜花一半是绿草
百鸟从遥远的南方飞来把歌鸣唱
　　这是我生长的地方
　　辽阔美丽的蒙古!

从阿尔泰到兴安岭是我们富饶的故乡

祖祖辈辈安居乐业在吉祥的草原

金色的阳光照耀了和平的生活

银色的月光洒满了永恒的岁月

  这是我生长的地方

  辽阔美丽的蒙古！

强盛的匈奴时代我们祖先就是这里的主人

震撼世界的成吉思汗时代我们曾经强盛一世

世代居住的故乡牵动着我们的心房

如今，新蒙古的红旗到处飘扬

  这是我生长的地方

  辽阔美丽的蒙古！

慈母一样哺育我们的土地是我的至爱

不容贪婪的敌人侵犯她方寸领土

在这天人结缘的热土上建设革命的祖国

叫她奇迹般地屹立在未来的世界

  这是我生长的地方

  辽阔美丽的蒙古！

蒙古的美名被五洲四海世代传颂

蒙古的命运把我们的心连在了一起

美妙悦耳的母语给了我人生的智慧

我的生命和祖国连在一起，永不分离！

  这是我生长的地方

  辽阔美丽的蒙古！

思　念

温暖的春天再次轮回，
杨柳枝头黄花盛开，
亲爱的你何时到来，
让我的心充满幸福？

登上高山立顶眺望，
一览四方辽阔无边。
但愿我有一双翅膀，
立刻飞到你的身边。

明亮的太阳越来越暖，
开始照亮窗内的一切，
多年的情侣应该相见
照亮我内心的时候到了。

鸟儿飞在天上鸣唱，
给牧人带来欢乐的歌声，
亲爱的你在远方等我，
是我心中永远的思念。

一九三一年

初　雪

初冬季节严寒刚刚开始，
老人们在家中生火取暖，
南山顶上雪花开始飘飞，
年轻男女已动心思念起对方。

雪花纷飞遮挡了新月，
人人心中都萌生一种思念，
在飘洒的雪中靴底嗞嗞响，
轻声细语让阴天充满欢乐。

寒风越是起劲飘雪越是变大，
年轻人更是血液沸腾，期待寒风。
昴星团在天上闪烁，灯火在身边阑珊，
心镜在内心深处闪闪发光，照到隔壁家的门口。

一九三一年

荒　野

鸟群叽叽喳喳叫，
柳枝瑟瑟地飘曳，
泉水突突地涌出，
草丛一分一分地翻飞。

老鹰独自静坐，
高山静静地等待。
严冬的寒风劲吹，
只有饿狼围着它转。

一九三四年

四 季

春

长生天下春去春来轮回千载，
美丽的蒙古地方年年富饶丰美，
宁静季节花草芬芳人心舒畅，
草木萌动新绿遍野牛羊安闲。

太阳由远而近如玉的白雪消融，
陈年世界换上新貌万物已苏醒，
绿树开花树下的孩童欢快玩耍，
老人们像是回到了青春的年华。

野雁从远方飞来关关嘎嘎鸣叫，
蒙古包里牧人听了禁不住感伤，
附近的山中泉水叮咚溪流潺潺，
初生的羔羊围着毡包叫唤合唱。

温柔春天的洁净气息沁人心扉，
勾起往事也撩起藏心底的秘密，
繁殖的仔畜装点富人家的风景，
摇篮中的婴儿给父母带来欢乐。

夏

季节最美美不过初夏时节，

风景最美美不过杭爱山梁，

布谷鸟动人的歌声响起时，

这世界是多么美好怡人啊！

青草霭气蒸蒸向天晴岚飘曳，

骏马长嘶奔向久别的故乡，

花瓣雨过后大地清新欲滴，

年轻人的心被叫醒彼此思念。

美丽的山、清澈的水在夏天缺一不可，

男儿三技是蒙古人最崇高的娱乐，

吊马的儿童长长的歌声在旷野上悦耳，

越来越近的快马在蜃气中密麻闪烁使人激动。

辽阔草原上欢乐的歌声温柔地回荡，

空旷原野上牛羊自由移动寻食青草，

每一座毡房门口都有马奶飘香歌声飘扬，

如此美好如此欢乐，都是因为幸福常驻。

秋

秋天金色的太阳照着你也照着我，

草木摇曳的季节我们的心亦在摇曳，

麋鹿鸣叫罕达犴回应讨山水喜悦，

牛群和犍牛的哞哞叫声讨牧人快乐。

美丽的天空中飘荡着薄薄的白云，

少年学子志在天涯踏上求学路途，

清澈的江水温柔无比静静地流淌，

一轮明月在水中微笑诉说着爱情。

清晨的霜露在草尖上珍珠般闪烁，
拴在马桩上过夜的骏马一阵阵抖身打战。
家里的主人起早去狩猎野狼和狐狸，
妻子儿女蒸馏奶酒在家等候。

瑟瑟秋风中草木摇曳，
也牵动人心摇曳，不分老少。
枯黄的树叶一片两片飘落下来，
揪起心中悲伤一阵一阵难以平静。

冬

远方来的朔风带着透骨的寒冷劲吹，
大地上的山川披上了银色的盔甲，
冬夜里天上的星星像火苗般闪烁，
驼队在辽阔草原上驮夫歌声婉转。

烟雾在高山顶上缭绕，
平坦的草原上覆盖耀眼的白雪，
毛色发亮的牛羊从草场晚归，
壮硕的牧人吹着口哨把牛羊赶回。

高处不禁寒，冰得牙齿打战，冷得透入骨髓，
蒙古的年轻人却脸上有光眼里有火，
昴星团在天上闪烁，灯火在身边阑珊，
老人们在火堆旁谈论过去的故事。

春夏秋冬，一年四季，轮回不断，

山水日月，相互映辉，如影相随，
送走老人，迎来新人，人人如斯，
千载万年，毫无间隙，不可倦怠。

一九三五年

我的母亲

月亮般美丽的蒙古女人是我的母亲
用美妙悦耳的摇篮曲让我入梦的母亲
用温柔的手摇着摇篮让我长大的母亲
用顺耳入心的语言教育我成人的母亲

一九三五年

离别妻儿

我脆弱的心，
如暴雨倾盆。
世间谁知晓，
我心多悲痛？

夫妻心连心，
女儿是心肝，
小错酿大悲，
拆散一家人。

痛苦接踵来，
可有灵药医？
泪眼望女儿，
爱人多绝情。

想起独生女，
爱从心底涌，
悲惨人世间，
幼女托付谁？

爱人心太狠，
离别在眼前，
一情分两半，
难割三颗心。

我心终不改，

无力挽留你，

女儿你可知，

父母谁先悔？

呈·达木丁苏伦
（一九〇三年至一九八六年）

出生于蒙古国东方省马塔特苏木。蒙古国著名作家，蒙古国现代文学奠基人之一，蒙古国科学院院士，一九四六年、一九四八年、一九五一年分别获得蒙古人民共和国国家奖。一九五〇年在苏联科学院东方学研究所以《格斯尔史诗的历史根源》的论文获得副博士学位。曾经担任过蒙古革命青年委员会中央委员会第一秘书长、蒙古《真理报》秘书长、蒙古作家协会主席等。一九八六年获得"人民作家"称号。从一九二八年开始文学创作，《被抛弃的姑娘》等小说和《白发苍苍的母亲》等诗歌深受蒙古人民的喜爱。呈·达木丁苏伦是蒙古国学术大师，出版有《蒙古文学精华百篇》《蒙古文学概要》等多部学术著作，并编纂《俄蒙词典》等辞书，在国际蒙古学界有深远的影响和崇高的地位。蒙古国设立呈·达木丁苏伦奖，奖励蒙古国内和国际上蒙古文学创作和研究中有突出贡献的学者。

你温柔的两只眼睛

你温柔的两只眼睛
秋水一样脉脉含情
秋水掀起波浪时
我会在波浪上漂浮。

你白皙的美丽脸庞
就像新雪皎洁无瑕
请你把新雪的雪花
赐我一些哪怕一片。

你迷人的美丽容貌
虽然像秋水像雪花
可是我坐到你的面前
却像太阳一样温暖。

太阳般的美丽女神
给我送来甜蜜微笑
多么渴望你的阳光
照耀我的美好人生。

一九三八年

克鲁伦河

美丽的克鲁伦河，
晶莹透亮像水晶。
倾听克鲁伦河流淌，
就像琴声一样悦耳。

清清的风儿，
吹来天籁之音。
草原上的年轻人，
唱出欢乐的歌曲。

在美丽的草原上，
风儿是多么的自由！
在辽阔的蒙古故乡
人们是多么的惬意！

克鲁伦河激流奔腾，
莫非着急去见谁？
风儿吹得一阵紧过一阵，
莫非有急差在身？

骏马疾驰如风，
奔向主人想去的地方。
骑手日夜兼程，
终于来到心上人的身边。

一九四五年

世界之美

色彩斑斓的世界里
　　　我的眼睛看见了——
晴朗的天空升起
　　　金色太阳真美
生命旺盛的大地
　　　百花盛开真美
双手不闲勤奋劳动
　　　矫健身躯真美
忠诚爱人的脸庞
　　　比这一切更美。

美妙动听的世界里
　　　我的耳朵听到了——
在深山中婉转鸣唱
　　　布谷鸟的叫声真美
古筝和胡琴交响
　　　美妙的音乐真美
时时刻刻叫人动心
　　　抒情的歌曲真美
热恋的爱人的声音
　　　比这一切都美。

芬芳的世界里
　　　我的鼻子闻到了——
飘满青翠山林
　　　檀香真美

清香铺满草原
　　冷蒿真美
香烟缭绕屋宇
　　沉香真美
心上人的亲吻
　　比这一切更美。

美味的世界里
　　我尝到了——
盛满银碗的
　　马奶和乳汁真美
用来庆祝人民的节日
　　美酒真美
秋天硕果累累
　　瓜果真美
热恋姑娘的嘴唇
　　比这一切都美。

触摸温柔的世界
　　我的手感受到了——
流水一样的走马
　　骑着上路真美
绸缎做的漂亮衣服
　　穿在身上真美
羽翼未满的雏鸟
　　轻轻抚摸真软
有缘爱人的爱抚
　　比这一切更温柔。

一九六〇年

宾·仁钦
（一九〇五年至一九七七年）

　　蒙古国著名语言学家，文学家，作家，蒙古国科学院院士，出生于蒙古国色楞格省。一九二二年毕业于列宁格勒东方学院，一九五六年获得博士学位。从一九二三年开始文学创作，著有长篇小说《曙光》《扎恩－扎鲁岱》、诗歌《蒙古语》《媳妇花》、电影剧本《绰克图洪台吉》、翻译著作《云使》等。学术著作有《蒙古语书面语语法》《蒙古人民共和国语言学民族学地图集》等。

蒙古语

入耳就愉悦心灵的人间妙音蒙古语，
是忠勇的祖先留给我们的无价之宝。
每当我倾听母语就惊叹于其韵味无穷，
更是敬佩盛赞我们智慧超然的人民！

过去艰难的时刻忧思蒙古未来的命运，
母语给了我无限的力量让我精神焕发，
因为母语我才坚定了民族崛起的信心，
预示着民族兴旺的古老祖先的语言啊！

就像江河汇入大海，大海才永不枯竭，
我们的母语被子孙后代传承长盛不衰，
只有你才能让世界与我们的内心沟通，
像天籁之音一样美妙悦耳的蒙古语啊！

从少年开始我就研修母语直到两鬓发白，
每天在语词的密林中寻找珍宝孜孜不倦。
每次我推开传承万万代的智慧宝库之门，
我的心焕发生机，额头上的皱纹也舒展开来。

从危机四伏的历史艰险中走过来的英雄人民
终于迎来了民族文化繁荣强盛的和平时代，
怎能不叫人热爱给了我们无师自通的智慧的母语？
我欢欣鼓舞！我忘了自己是白发苍苍的老人！

福分和吉祥完满结缘的欣欣向荣的民族啊！

睿智才华的子弟和满腔热血的人民心心相连，
我们更加热爱美丽无比的母语，这爱至高无上，
还有什么比我们对母语的热爱和忠诚更加神圣？！

入耳就愉悦心灵的人间妙音蒙古语，
是忠勇的祖先留给我们的无价之宝。
每当我倾听母语就惊叹于其韵味无穷，
更是敬佩盛赞我们智慧超然的人民！

别·雅沃胡朗

（一九二九年至一九八二年）

　　蒙古国著名诗人，生于蒙古国扎布汗省，一九八二年逝世。一九六七年获得蒙古人民共和国国家奖。一九五九年毕业于高尔基文学院。从一九四八年开始写诗，著有《银马嚼的响声》《野宿的月亮》《哈拉乌苏湖的芦苇丛》等十多部诗集。别·雅沃胡朗是蒙古国诗歌史上的一个里程碑，蒙古诗歌的抒情传统是从别·雅沃胡朗开始的。

银马嚼的响声

等待我的情人的时候
心中只盼奔驰的骏马的蹄声
多么宁静的夜晚草原一片空旷
月亮从椽子的榫头照进蒙古包。

独守孤枕无法入眠的人
正在渴望痴情的热恋
隐约传来银马嚼的响声
初尝爱情的心又惊又喜。

一九五九年

岩羊停歇的山峰

那年的那个冬天
暖和得离奇
那座叫"岩羊停歇处"的山峰
高得离奇

青山的深处
叫作厚西[1]
有温暖的冬营地
虽然遥远但适合过冬

秋天还没有结束
父亲就提前向青山迁徙
在厚西的冬营地
三户人家一起过冬

环绕冬营地的山峰
全都是高峰
"岩羊停歇处"在其中
是高峰中的高峰

到了冬营地有一段时间
父亲出去狩猎
为了过好冬有一段时间
邻居们做起准备

1　厚西：蒙古语，地名。

丰年的那个冬天

暖和得离奇

有雪有草的山中过冬

舒适得离奇

顺着自然规律

春天来到戈壁的山中

三户人家沿着河流

准备迁徙到山外

有一天早晨

父亲从外面叫我出去

把他的单筒望远镜

放到我的手中

——"岩羊停歇的山峰"上有什么？

请你仔细看看！

这样说完过了片刻

父亲长长地一声叹息

锥子般高耸入云的

山峰进入眼帘

守着巢穴在高空盘旋的

雄鹰进入眼帘

望远镜拉近的山峰

近得几乎可以抚摸

山峰上的蓝天

没有一丝云彩

——请定格"岩羊停歇的山峰"！
父亲这样对我说
上面有个动物，找找吧！
父亲加了一句

整个冬季天天看惯的
山峰映入眼帘
山峰上站着一只
犄角巨大的岩羊

看见坦荡的美丽动物
我由衷的高兴
——哎呀，是一只岩羊！
我几乎叫出声来

父亲无语吸着烟袋
默默走进蒙古包
邻居们听了岩羊的消息
都来到了我家

父亲茶也不喝
沉默了一会儿
看着很悲伤清了清嗓子
开始讲起

——银顶山峰的恩赐
我们可是受了不少
第一次见到
岩羊在山峰上永远停歇

是去年经常在"野山羊泉水"中饮水的
那只岩羊
看来它是决定在山峰上
停歇自己的生命

有生必有死
是众生的规律!
抛下故乡可是
无法逾越的难关!

据说岩羊老了
连自己的大角都抬不起来
所以更不用说
赶上自己的岩羊群奔跑

据说它们
一定会回到出生的山中
找到降生的地方
静静地躺下来

在生命的尽头
它们会攀登到山峰上
老人们因此给这座山取名
"岩羊停歇的山峰"

据说它们在山峰上
要站立很多天
据说它们这是
回望过去的岁月

据说它们望见
曾饮水的清澈湖水会高兴一番
据说它们瞭望到
吃过草的丰美草原会高兴一番

据说它们最后一眼
久久地凝望自己的岩羊群
据说它们最后一眼
恋恋不舍地回望自己的故乡

最终扛不住巨角的重量
岩羊从山峰摔下来
这个世界从此
便少了一只岩羊

人人屏住呼吸
静听父亲的话
邻居奶奶为岩羊心痛
默默地流下了眼泪

父亲从此变了个人
满脸的悲伤
从冬营地迁徙的计划
也暂时搁浅了

三户人家轮流放羊
周转不慢
三天一次
轮到我家

——不要把羊群赶到山上吃草！

父亲再三嘱咐

每天早晨父亲坐在外面

用望远镜看山峰

厚西的冬营地上三足鼎立的

三户人家！

让人们天天仰望的

锥子般的山峰！

蓝天下抬着巨大犄角的

黑色岩羊！

在其头顶上整日盘旋的

灰色雄鹰！

这一幅画面连续多日

在父亲的眼里定格

就因为这个画面

我们在冬营地耽搁了多日

一天早晨用望远镜看了山峰

父亲回到包里来

脸上浮出了笑容

坐下来喝茶

——正好按照规律走了！

父亲发话

——怪不得！可怜的！

母亲痛心回应

第二天三户人家
早早开始搬家
人们赶着畜群
从冬营地同时出发

父亲回首看一眼
"岩羊停歇的山峰"
——我的故乡啊！
父亲自言自语

那年的那个冬天
暖和得离奇
那座叫"岩羊停歇处"的山峰
高得离奇

一九六九年

我生于何方

主宰着蔚蓝的天空我降生在世界：
在弯弯的月亮漫步的遥远的轨道
在远方的两颗星星相遇的刹那间
在两眼望不尽的蔚蓝的宇宙深处
蔚蓝的天空里我降生是来做主人。

主宰着洁白的雪山我降生在世界：
在冒着霜气云雾缭绕的高高山峰
在雪花结冰晶莹剔透的陡峭悬崖
在严冬季节只有牦牛攀登上去的
洁白的雪山上我降生是来做主人。

主宰着原生的草原我降生在世界：
在春天的蜃气若隐若现的旷野上
在公驼发情牙齿打战的严冬山谷
在把恐龙的足迹保存到今天的
原生的草原上我降生是来做主人。

主宰着江河的水我降生在世界：
在银色月亮一浮一沉漂流的波浪
在用圣洁的水清洗我归来的祖先
沾着马蹄带来的异乡土地的余尘
在江河的水中我降生是来做主人。

主宰着芬芳的百里香我降生在世界：
黑夜和黎明相遇时露水滴落的叶子上

在珍珠般的露水中星星闪烁的花瓣上
象征着永无死亡的洁白的花朵上
在芬芳的百里香里我降生是来做主人。

主宰着天鹅般的蒙古包我降生在世界：
在没有接缝的洁白幪毡¹的结实的系绳
在心一样红火燃烧的钢图拉嘎的架子
在千万代蒙古人居住习惯的
天鹅般的蒙古包里我降生是来做主人。

主宰着美丽女人的心我降生在世界：
在睫毛下含情脉脉的黑眼睛的凝眸中
在散发着奶香的蒙古袍衣襟的褶子里
在时刻思念时微微悲伤的内羞性格中
美丽女人的心中我降生是来做主人。

我主宰着骏马的马镫降生在世界：
在大步颠走的走马整齐颤抖的顶鬃上
在除了天上的风不曾让谁骑乘在背上的
辽阔戈壁上自由奔跑的群群野驴的背上
我主宰着骏马的马镫降生在世界。

我主宰着急骤的雨水降生在世界：
在震惊安详天空的雷声和闪电中
从天上撒下的结晶的冰雹颗粒中
在草原上出现的七色彩虹中
我主宰着急骤的雨水降生在世界。

1　幪毡：蒙古包天窗上蒙盖的四方形毡子。白天幪毡掀开以后，遇到风后幪毡边角就会飘动。用来形容青春年华的悸动之心。

我主宰着嘹亮的歌声降生在世界：
在蓝色哈达上的银碗盛的奶酒里
在优美动听的长调民歌的旋律中
在幸福和悲伤交错的人的命运中
我主宰着嘹亮的歌声降生在世界。

我主宰着智慧的人身降生在世界：
在共命运的人民一心为蒙古的心中
在半夜三更熔烧矿石热火朝天的
工厂高高的烟囱吞吐的红红的火舌中
我主宰着智慧的人身降生在世界。

主宰着蔚蓝的天空我降生在世界：
在弯弯的月亮漫步的遥远的轨道
在远方的两颗星星相遇的刹那间
在两眼望不尽的蔚蓝的宇宙深处
蔚蓝的天空里我降生是来做主人。

一九五九年

哈拉乌苏湖的芦苇丛

哈拉乌苏湖的芦苇丛，
在秋风中轻轻地呼啸。
看来它们很寂寞，
飘呀飘，摇曳不止。

一望无际的湖水，
满眼都是深沉的蓝色。
褪去夏装的群山，
静静倒映在湖面上。

风儿一阵阵吹来，
水面上皱起了涟漪。
芦苇丛轻轻地呼啸，
给人带来微微的悲伤。

莫非到了凉爽的秋天，
湖水都会变成这样？
还是因为鸟儿都离开了，
只有哈拉乌苏湖如此孤独？

哈拉乌苏湖的芦苇丛，
在秋风中轻轻地呼啸。
看来它们很寂寞，
飘呀飘，摇曳不止。

一九五九年

只有在蒙古

只有在草原上，盛开最美的花，
只有在蓝天下，唱出最美的歌，
飞快的骏马，在我的马群里，
美丽的姑娘，在我蒙古故乡。

只有在图拉河，饮水胜甘露，
只有我的祖先，赐予人生的智慧，
只有我的人民，教我做忠诚的人，
只有在蒙古，生活像天堂。

一九七三年

秋　叶

离开宴席推门出来
只见秋叶纷纷落地
安详的天上候鸟南归
秋天变作雁阵远去

没有风，万物俱静
黄叶却为什么飞舞？
从不留心岁月流逝
秋日一觉两鬓发白

天上候鸟带走的一切
雁阵和秋天会还回来
黄叶一样离我而去的
青春啊，却不再回返

一九五七年

赏心悦目的美丽女子

赏心悦目的美丽女子，
求你不要再歌唱爱情！
不要情意缠绵风情万种，
让我见到你美丽的脸庞！

我见到你美丽的双眼，
恨不得变成灯蛾赴死！
我见到你长长的睫毛，
恨不得变成小草随之摇曳！

赏心悦目的美丽女子，
求你不要再歌唱爱情！
在这宝贵的青春年华
我不想过早烧掉翅膀！

不要情意缠绵风情万种，
让我见到你美丽的脸庞！
在这火热的青春年华
我不想过早秋草般枯竭！

你美丽动人的一双眼睛，
让我过早遇到，不能自拔！
如果我写出了最好的诗篇，
变成灯蛾被你的眼光烧死也无悔！

你会说话的长长的睫毛，

让我过早遇到，陶醉不已！
如果我已经尝到了生活的美好
变成小草枯竭也无悔！

一九六〇年

图拉河在夜晚更美

图拉河在夜晚更美，
波浪温柔缓缓流淌，
一对鸳鸯凫在水中，
远方有声呼应鸣叫。

望着月亮顺流游荡，
数着星星水中闪烁，
怀念过去朦胧初恋，
我在河边坐到天亮。

青青叶子悄悄耳语，
唱着情歌请我倾听，
背靠一棵河边榆树，
通宵达旦百听不厌。

一九五七年

米·策登道尔吉
（一九三二年至一九八二年）

  出生于蒙古国戈壁阿尔泰省。一九五一年毕业于乌兰巴托市教师预备学校。曾任学校教师、《真理报》《文学报》编辑等。一九四九年开始文学创作，除了大量诗歌作品，还翻译出版了海明威的《再见了，武器！》等外国文学作品。米·策登道尔吉的诗歌为蒙古国现代诗歌带来了哲理诗的新风格。

我们向着太阳迁徙

你我俩睡在云上
你我俩向着太阳迁徙

你我俩的下方有江河流过
你我俩的下方有牛羊吃草

你我俩的下方有辽阔的草原和雄伟的群山经过
你我俩的下方有宽广的道路通向远方

你我俩的下方有人唱爱情歌曲
承载你我俩的云向着太阳飘移

你我俩向着太阳迁徙
你我俩化作雨水洒落在大地

你我俩滋润着百花盛开
你我俩复又化作水汽飘向天空

你我俩睡在云上
你我俩向着太阳迁徙

一九六四年

谢尔盖·叶赛宁

谢尔盖，如果你还活着
或者你能够复活过来，
我真想为你斟一杯酒，
和你一起欢乐地歌唱。

我没有去过你的祖国，
也不认识你的兄弟姐妹，
与你这位平凡的梁赞人
杰出诗歌的相遇时间也不长。

我如果朗诵蒙古语诗歌，
如果拉响我的马头琴，
只要让你的耳朵听一遍，
你会不会觉得相见恨晚啊？

谢尔盖，如果你还活着
或者你能够复活过来，
我想给你满上一碗马奶，
为给你朗诵一首诗歌。

蒙古草原出产骏马，
骏马的步伐给了诗歌节奏，
蒙古草原布满五畜，
草原就是乳汁的海洋。

兄弟你如果到草原来，

我们就用奶酒款待你，
我们用洁白的乳汁，
酿造接待客人的美酒。

"用乳汁酿造醉人的酒，
喝了会是什么结果？
这大千世界无奇不有。"
你也许觉得不可思议。

用来酿酒的乳汁没有自愧，
你虽然死了我们却没有忘记你，
你用心写出的诗歌在草原上飘扬，
像我们的鄂尔浑河一样流淌不息。

这世界上只缺一件事情，
用酒不能酿造乳汁，
魔法不能让你死而复活，
但你的诗歌永不衰落！

一九六〇年

马头琴

怀念我的骏马
拉响我的马头琴
随着悠扬的旋律
我一半是悲伤一半是坚强

仅仅用两根琴弦
就能道明人间万物的
独一无二的一个民族
生活在亚洲的内陆

古老的《黑骏马》
在两根琴弦上复活了
腰腹圆滚地颠跑起来
四季风情一展无遗

世界何其之大
人间何其多变
如何歌唱才能让
两根琴弦道明一切？

骏马四蹄的声音
由远而近到耳边
骏马身后的灰尘
从两根琴弦上扬起

骏马前行的道路

在两根琴弦上出现
随着巧妙的十指
我的心脏加快跳动

顺着两根琴弦拨动
思念着我的情人
顺着两根琴弦跳动
我在相思的海洋中游泳

听到两根琴弦的旋律
世界，你为什么悲伤？
听到两根琴弦的旋律
世界，你为什么欣慰？

怎样歌唱才能
把古老世界的历史
把亿万人类的梦想
容纳在两根琴弦当中？

世界只有两色
黑白互相对应
人间只分男女
幸福痛苦交错

宇宙只有两个颜色
白天和黑夜轮回
人间只有两个方向
有相逢就有离别

世界虽然博大

人间虽然复杂
但是两根琴弦
能够说清道明

骏马四蹄的声音
由远而近到耳边
骏马身后的灰尘
从两根琴弦上扬起

骏马前行的道路
在两根琴弦上出现
随着巧妙的十指
我的心脏在跳动

顺着两根琴弦拨动
思念着我的情人
顺着两根琴弦跳动
我在相思的海洋中游泳

仅仅用两根琴弦
就能道明人间万物的
独一无二的一个民族
生活在亚洲的内陆。

古老的《黑骏马》
在两根琴弦上复活,
腰腹圆滚地颠跑起来,
四季风情一展无遗。

唐古特·嘎拉桑
（一九三二年至今）

　　出生于蒙古国巴彦洪古尔省扎格苏木。一九六〇年毕业于蒙古国国立大学。从二十世纪五十年代开始文学创作，出版《亲生儿子的话》《登山谣》《慈祥人的心》《忠诚儿子的话》《世界之三》等诗集，并整理编纂出版《蒙古江格尔》。一九八九年获得达·纳楚克道尔基奖，二〇〇〇年获得蒙古国作家协会奖。

登山谣

平缓起伏的戈壁是我的故乡，
黄羊群般褐色沙丘，请你们原谅我：
在我没有离开家乡的童年时代，
曾经把你们当作高山来攀登。

屹立在丘陵中犹如神话里的须弥山，
青翠的群山啊，请你们原谅我：
在我登上奥特根·腾格里山之前，
一直把你们当作是高山中的高山。

我们在你的脚下祭祀敖包，使之随着岁月增长，
奥特根·腾格里圣山啊，请你原谅我：
在我攀越可汗般高贵的阿尔泰山之前，
一直把你当作通天塔来膜拜。

历经苍苍的古老岁月，铸就了巍峨的雪山，
智慧的顶峰阿尔泰山啊，请你原谅我：
在我仰望高可摘星的喜马拉雅山之前，
你在我的心目中是宇宙的制高点。

平缓起伏的戈壁是我的故乡，
星星点点的小山丘啊，请你们千万不要原谅我：
当我在茫茫的宇宙中回首遥望，
唯有故乡的小山才是高山中的高山！

阿富汗朋友的提问

听说在你的家乡每年举行男儿三技那达慕[1]？

听说五百一十二名博克[2]摔跤，最后胜出一人当冠军？

听说举行那达慕的那天太阳看比赛忘记了落山？

听说一千匹骏马赛跑，只有一匹最后当冠军？

1　那达慕：蒙古语，意为娱乐、游戏。这里指历史悠久的传统节目。

2　博克：蒙古式摔跤。

长　调

辽阔得简直就是蒙古远东大草原
深刻得简直就是哲学百科全书
智慧得简直就是母亲乳汁般的心
长调歌曲蒙古歌曲不久将来的宇宙歌曲！

一双枕头

一双枕头紧紧挨着
好像在说：永远不分离！
在变成忠诚伴侣的枕头之前
曾经是同巢的一对鸟，猎枪会证明！

母　亲

可怕的敌人来追杀儿子
可怜的母亲把孩子藏到瞳孔里
可恨的敌人却发现了孩子藏在哪里
可歌可泣的母亲把儿子藏在了心房中！

蒙古传统

自己穿粗布袍子
用羊皮包裹子孙
却用绸缎来包经书
蒙古人的习俗举世无双！

登·普日布道尔吉

（一九三三年至二〇〇九年）

　　出生于蒙古国前杭爱省布日德苏木。蒙古国著名诗人。一九六五年毕业于莫斯科高尔基文学院。曾经多年担任蒙古国作家协会诗歌委员会主席。一九六九年获得蒙古人民共和国作家协会奖，一九八一年获得国家奖，一九九六年获得"人民作家"称号。从一九五〇年开始文学创作，出版有《红星》《春曲》《长翅膀的白毡房》《蓝布袍》《斜眼夫人》等诗集和长诗。

苏木[1]那达慕

是因为微风轻轻拨弄了骏马的顶鬃而调皮，
所以主帐篷的穗子才随风飘扬吗？
绕苏木那达慕转了一天的骑手中间
盛开了一朵手持缰绳的美丽花朵吗？

是因为爱情让我再次沉迷于甜蜜的幸福，
所以你美丽的脸庞在太阳下对我微笑吗？
是因为不能再用炽烈的气息点燃你我，我陷入痛苦，
所以你偷偷笑时我看见了你洁白的牙齿吗？

是因为爱恋让我再次重温甜蜜的幸福，
所以让我有幸和热情奔放的情人重逢吗？
虽然热恋的她就在身边，我却陷入痛苦，
为什么让我偷偷地约会已经嫁给别人的她？

是因为心愿让我再次回到甜蜜的幸福，
所以让美丽的情人依偎在我的怀里吗？
她虽然嫁人我却恋恋不舍陷入痛苦，
所以只能轻碰一下她绸缎袍子的衣襟吗？

是因为相逢让我再次尝到了甜蜜的幸福，
所以让我用炽热的嘴唇吸吮了心中酿造的蜜吗？
是因为短暂相逢后的离别再次让我陷入痛苦，
所以红宝石的戒指戴在了你的无名指上吗？

1　苏木：蒙古语，意为"箭"，这里作为行政单位使用。

没有蜷身躺下的窝儿，灰兔好可怜，
没有栖息鸣叫的枝头，鸟雀好可怜，
不能终成眷属，短暂的缘分真可怜，
不能忘却，身不由己，痴心最可怜！

是因为微风轻轻拨弄了骏马的顶鬃而调皮，
所以主帐篷的穗子才随风飘扬吗？
绕苏木那达慕转了一天的骑手中间
盛开了一朵手持缰绳的美丽花朵吗？

色黑斯查干圣山[1]

美丽城市的
英俊小伙子
你好吗?
辽阔戈壁的
牧驼姑娘
我一切安好。
秋天你和太阳
一起来到我的故乡，是吧?
色黑斯查干圣山那时
还没有到降霜时节，是吗?
蔚蓝的戈壁枕着太阳，
舒坦得像蓝色的哈达，
月亮就夜宿在旁边，
微风吹来，
散发着野草的芬芳，
阳光如水，
渗透到大地的怀抱，
秋天的戈壁格外温暖。
夏秋的戈壁就这样
像灶台从中间开始吸热，
像摇篮里的婴儿
冬天呼吸温热，
冒着热气，
雪被云焐热融化。

---

1 色黑斯查干圣山：蒙古山名。

让人看着心里温暖的小伙子你

原来是候鸟，是吗？

辽阔戈壁的小小的湖泊我

被你激荡后留在了原地

悄悄地叹气

心中总是惆怅不已。

秋天你来到我的故乡

可是把我点燃了

我不是照片我是活生生的人

你却差点把我给吃了

你自己那样点燃了我

却静悄悄地走了

你给所有的鸟教会语言

让所有的邮递员给我捎信

连合作社领导都不回避

可真是折腾了一个秋天。

读了又想读的你的信中

写了你想见我的要求

答应了给你想见的机会

你却又提出与我相会的请求

答应了与你相会

你却要我去乌兰巴托。

留下了色黑斯查干圣山

顺着我的心

做了你的妻子

去城里生活，

戈壁故乡的朴素姑娘

会不会不够美丽？

我这张日晒风吹的脸

是否适合涂脂抹粉？

住在用暖气取暖的房子里

在没有烟的火上熬茶

抛下红秃秃的戈壁

去乌兰巴托生活

花着丈夫的薪水

佛陀也会谴责吧？

苍茫杭爱的冬天

披上貂皮也会冷吧？

请你原谅，朋友！

请你不要生气！

其实我只是逗你。

乌兰巴托美！

向四面的山拓展

高楼大厦耸立入云

祖国的如意宝

乌兰巴托就是美！

在柔软的鹅毛枕头上

迎来美好的早晨

脚上拖着

艳丽的拖鞋

身上披着

绸缎睡衣

轻轻地拉开

绒布窗帘

墙上接来

滚烫的开水

点开电炉

煮好奶茶

向亲爱的你撒娇

不是一时的幸福吗？

在三面镜子前

细细打量身前身后

三百元的貂皮帽子

斜戴在头上显高贵

西方漂亮皮靴的

高跟清脆敲打楼梯

在白色大楼的下面

沿着铺大理石的街道

忙着去上班

赶着去坐车

挽着爱人的胳膊

那是何等的幸福？

下班以后

一起到幼儿园

接上花朵一样的儿子

在美好快乐的夜晚

开着荧光屏的电视

躺在柔软的沙发上

听着舒缓的音乐

身体健康

心情愉快

互相恩爱

那是城里的幸福世界！

可是，我的朋友！

就是这个遥远的天涯

就是这个牧驼人的平凡命运

就是这个风沙漫天的戈壁上

犹如蓝色大厦一样的

色黑斯查干圣山

让我的心无法离开！

像缓缓飘游的

宝塔般的青山

珍珠般在山脚下闪烁的

苏木的中心

在这片土地上生生不息的

祖先的圣火

我不能抛下他们走人

长年累月不回故乡！

哎呀，我美丽的戈壁

我金色的戈壁

阿那该[1]的三个朝霍尔

阿金的三片草甸

兄弟三座门

三个瑟尔

三口淀海

空旷的三片草原

边上的三个半包……

连名字都像诗一样优美

真是无限美丽的故乡！

哎呀，我的美丽戈壁

我的金色戈壁

是彩虹的七种颜色

是美味中的五味

是独一无二的芬芳

是魔幻的神景

金黄得像浓浓的奶茶

平坦得像盘羊的脊背

挡风像壮硕的公驼

---

1 阿那该、朝霍尔、瑟尔：蒙古语，均为地名。

我喜欢我的戈壁!

马鞍一样的峭壁

虽然有刀剑般的棱角

荒漠上的五色石

却温软得像绵羊的腰子

从远处眺望大戈壁

虽然有让人敬畏的冷漠

但是用手掌压一下温热的沙子

却是发烫得像熨斗的底

野驴扬起的灰尘落下来的山坡

看着像钢锉般坚硬

但是长草的地方

却薄如婴儿的卤门

好像干透到根

戈壁的沙棘无比坚硬

但是太阳底下快要燃烧的

细细的枝条却充满绿色

远处的群山在蜃气中游动

白色的海洋在蜃气下沉淀

驿站里程外的牧户人家

像白天的星星闪闪烁烁

像揭开热锅的锅盖

热气扑面而来

沾着碱葱的岚气

在草原上冒升

因为如此美丽的故乡

天生热情豪迈的

戈壁上的人们

人品可是好得没话说。

苍蝇都会滑倒的峭壁上

岩羊和山羊一起攀登

陡峭的山峰上

盘羊和绵羊一起吃草

在花色镶边一样的柴达木

马群和野驴结群赛跑

在天边一样的白茫茫的沙海

骆驼和野骆驼一起颠跑

色光的神幻

古老沙漠的海浪

戈壁美丽故乡

更加美丽了

洁白的房屋在荒野上拔地而起

耀眼的电灯进了家家户户

在蓝色的戈壁上

我们的合作社

盛开出绚丽的花朵。

虽然人心致远

心却回到戈壁

平凡的大家同呼吸

在合作社生活更加美好。

听说秋天你在这里

和太阳一起跑了个遍,

惊叹于我们合作社的好

在牧民家做客的时候

赞叹美丽的白毡房

赞叹从乌兰巴托来的漂亮家具

把车停下来惊叹不已

把帽子摘下来夸个不停。

和色黑斯查干圣山一样

我们的心情很高

你的朋友在这里

把自己的合作社

当成自己的家精心经营

把爱保留给远方的人

没有答应附近的年轻人

在辽阔的金色戈壁上

迎着黎明的霞光

放牧檀木象棋一样的一百峰骆驼

从早晨漫游到晚上。

如果你来见我

如果你要约我

我邀请你到太阳一样的戈壁来

我们共同搭建月亮一样的毡包。

尊贵的你再次来到时

我用阿海河的苹果招待你

把水灵灵的葡萄装在盘里

我用勤劳的果实款待你。

把杭爱的植被

移植到戈壁

把城里的文化送到牧区

革命的前辈们给我们定下了

幸福的姻缘。

城市和戈壁没有差别的

未来美好的日子越来越近

我们把青春年华

共同献给边疆的故乡吧!

碧蓝天空的至上高峰

朦胧戈壁的云中高峰

我的色黑斯查干圣山

只要我们的心在,幸福就在!

我用洁白的乳汁

祝福你远程平安

我用不变的心

等待你从远方来到我身边。

再见！我的朋友，

请你写回信！

我的常住地址：

色黑斯查干圣山！

一九六九年

沙·多丽玛
（一九三四年至今）

　　蒙古国著名女诗人，出生于蒙古国中央省巴彦苏木。一九五四年毕业于蒙古国立大学，一九五八年和一九六七年分别在苏联完成编辑专业等学业。一九六〇年开始文学创作，主要代表作有《启明星》《喀尔喀英俊的男人们》《银琴弦》《太阳的金色粉尘》《充满爱的缘分的世界》《爱的旋律》等多部诗集。一九七二年获得蒙古人民共和国作家协会奖，一九八三年获得达·纳楚克道尔基奖，二〇〇七年获得蒙古国"文化功勋"称号。沙·多丽玛的诗主要以青年、伦理和大自然为主题，尤其写出了蒙古国女性的心声和内心世界，因此深受广大读者的喜爱。

成吉思汗的玉玺

成吉思汗的玉玺
寻找了一个世纪
古老的蒙古地方
至今不见其踪影
我说心中的实话
何必费功夫寻找
因为故乡和主人
早就把它藏起来

五种牲畜留下四蹄印
洁白毡房留下蘑菇圈
国家独立有国界为记
国旗和国徽宣示政权
成吉思汗的玉玺
就在自己的蒙古
就在蔚蓝的故乡。

借着油灯微弱的光
是谁雕刻了一百零八卷《甘珠尔》《丹珠尔》[1]？
借着图拉嘎[2]上燃烧的火光
是谁让美丽的度母栩栩如生？
成吉思汗的玉玺就在自己的蒙古
就在费神劳心的先贤智慧里。

---

1 《甘珠尔》《丹珠尔》：藏语书名，指藏传佛教《大藏经》。
2 图拉嘎：蒙古语，火撑子。

强大的黑苏力德¹征服了半个世界，

传说中的八骏马²从天而降，

九鼎白苏力德让世界低头

蒙古包的天下集聚非凡的命运

有玉玺的国家的主人

难道不是我们吗？

掩埋脐带的地方是我们在世界上诞生的印迹，

孩儿时期的蓝斑是我们祖先留给我们的印迹，

连人民出生的时候都带着蓝色印迹的地方

在这世界上哪里还能找到第二个？

成吉思汗的玉玺就在自己的蒙古

就在你我他的血液中。

成吉思汗的玉玺

寻找了一个世纪

古老的蒙古地方

至今不见其踪影

让别人翻遍了我们的土地

让考古挖掘和科学探测

快把蓝色蒙古翻个底朝天

收手吧！徒劳无功！

圣主的玉玺——

在蒙古的名字里

在毡房的旧址上

在祖国的土地里

在永远做主人的我们的心中！

一九九七年

1　苏力德：蒙古语，精神象征。黑色象征力量、征服。白色象征和平、权力。

2　八骏马：指传说中成吉思汗的八匹骏马，象征平安吉祥。

写给儿子父亲的信

在二十岁的门槛上相遇初识

第一次用火热的心尝到爱情的甜蜜

儿子的父亲，尊贵的先生——

今天我庄重地给你写这封信。

今天你的儿子已满十八周岁

和你一模一样，成了男子汉。

为了祖国他宣誓去从军

骑上骏马已经向远方出发。

就在这一天我怀念你

回忆过去热恋的日子

望着和你年轻时一模一样的儿子

我给你写信，儿子的父亲！

除了两件粗布袍子再没有换洗的衣服

除了一天一顿的汤面再没有填饱肚子的粮食

城市郊区的大学生的生活

在极度贫困中艰难度日的时候你抛弃了我

娶了家里铺满地毯的富户人家的女孩

你搬到远方离开了我。

你是否还记得拽着你的自行车

哭哭啼啼被你踢开留下的儿子？

现在已经过去了这么多年

岁月流逝送走了多少个春秋。

这些年你从来没有回来看过儿子！

未曾抱过他小小的身体！

没有听过叫你"父亲"的稚气的声音！

当时你离开的时候他才三岁

他天天念着父亲已经过去了十几年。

父亲的位置在家中永远空缺

好不容易度过了十五个春秋。

你已经成了别人的丈夫，你的心已经背叛，

但是我却从来不敢对你说儿子想你了！

也不像其他女人起诉你索要钱财

折磨"可怜"的你，纠缠不放！

我用内心感受美好爱情遭无情背叛

在每一个月夜都以泪洗面彻夜失眠。

经常等候在漫漫长街的路口望眼欲穿

心中百感交集憔悴无比度过时日。

同龄的女孩子们告诉我

你和晨星一样美丽的女子结成伉俪，

我却没有因为嫉妒而对你产生过恶毒的恨意！

只在不幸的心中承载着巨大的痛苦

只为儿子，用母爱支撑自己活到今天。

听说你前后和几个女人结过离过

有时候可怜你人生路上不踏实

想到你双眼无珠只看外表漂亮

对你失望伤心痛哭死去又活来。

看着人家的父亲领着孩子玩耍

我的儿子却可怜的孤零零一人

儿子虽然对我撒娇说以后要做一个好人

但是上学的路上回头看我却哭丧着脸。

因为你从来都不知道我们母子的生活

所以我虽然克制自己等到了今天

可是我骄傲，儿子今天已经顶天立地

我，自豪地给你写这最后的一行字。

一九七二年

有爱才有生活

父亲平静正直的性格
谙熟一切的才华智慧
想到遥远才懂得深邃
父爱伟大也博大无比
　　有爱才有生活
　　世界这样告诉我

母亲善良纯洁的心
温柔动听的摇篮曲
求学上路为我洒祭乳汁
母爱温柔也无比脆弱
　　有爱才有生活
　　世界这样告诉我

比翼双飞人生伴侣
真心爱人陶醉幸福
比任何人都爱得深
女人的心最最可爱
　　有爱才有生活
　　世界这样告诉我

手中握着阳光嬉戏的
可爱孩子的幸福微笑
把人间幸福传递给我
让我变成母爱的海洋
　　有爱才有生活

世界这样告诉我

回到养育我的辽阔故乡
骑着"童话的马"纵横驰骋
白雪皑皑的草原结满银霜
留下美好我感动无比
　　有爱才有生活
　　世界这样告诉我

辽阔自然的无垠草原上
看到天上挂出五色彩虹
即使触不到也心中欢喜
留下了童年的纯真回忆
　　有爱才有生活
　　世界这样告诉我

蓝天连同太阳和月亮
草原连同花朵和绿草
山野连同猎物和禽鸟
皆在我心中崇高无比
　　有爱才有生活
　　世界这样告诉我

心心相连的大地母亲
我们爱她就像爱母亲
用生命保卫每一寸土
英雄的传说告诉我们
　　有爱才有生活
　　世界这样告诉我

有爱才有生活

世界这样告诉我

是啊，有爱才有生活

世界的一切源自爱。

一九七九年

索·达西道日布
（一九三五年至一九九九年）

蒙古国著名诗人，小说家，儿童文学作家，电影文学作家，出生于蒙古国中戈壁省德力格尔杭爱苏木。一九六九年毕业于莫斯科文学院。从一九五二年开始文学创作，出版了《草原上的彩虹》《牧民人民》《戈壁赞歌》《草原和我》等诗集和《戈壁之高》等长篇小说以及大量小说、电影文学。一九六九年获得蒙古人民共和国作家协会奖，一九七五年获得国家奖，一九九七年获得"人民作家"称号。

明年的那达慕

日月交替时间飞逝
倒计时一天天接近
可是明年的那达慕
还是好远啊，好远

等到那达慕的那天，
父亲准我骑哪匹马？
去看那达慕的时候
母亲给我穿哪件袍子？

虽然那达慕的三天
骑乘的骏马会疲惫一点，
虽然被炽热阳光暴晒
盛装的袍子会褪色一点

第一个从那达慕回来，
告诉大家心里最美
让孩子们左右簇拥着
给他们发喜糖最美。

谁的马在赛马中夺冠，
让大家记住了主人的名字？
谁的儿子在摔跤中夺冠，
让大家记住了父亲的名字？

最先从那达慕赶回来，

告诉大家，那叫炫耀！
听了那达慕上的新闻，
老人和孩子兴奋不已！

日月交替时间飞逝
倒计时一天天接近
可是明年的那达慕
还是好远啊，好远

河东边的额盖玛姐姐
那达慕那天会不会去？
如果骑同一毛色的马，
会不会答应我的请求？

那达慕的时候我们再见，
她曾温柔地笑着对我说。
等到明年的节日上再见，
亲爱的她对我许诺过。

约定的日子快快来临，
我心里是百般着急啊！
早点儿见到心中的她，
我不分白天黑夜思念。

还没有参加过比赛的马
明年是否夺冠，想看。
今年夺冠的小伙子
明年可能还会夺冠，想知道。

额盖玛姐姐会包着蓝色头巾

去看那达慕吧，早点见到。
她脸上的酒窝，从很远就
盛满爱情的微笑，早日相见。

牧人的约会啊，
竟如此漫长啊，
像这漫长的约会，
我们的爱情不知厌倦。

日月交替时间飞逝
倒计时一天天接近
可是明年的那达慕
还是好远啊，好远

献给故乡群山的歌

从故乡乘车出发
跟着飞奔的车辆
故乡的群山
忽的一下齐动身

沿着长长的路
一路陪伴猛跑
最后在辽阔的草原
叹息般被我落下

我心里突然想到，
故乡壮丽的标志
辽阔杭爱的群山
要是像候鸟一样飞走
我将到哪里去倾听
深山中的鹿鸣？

每当我从远方归来，
就像迎宾馆的亲人
一进入故乡的边界
家乡的群山就来问候

像故乡的老人们
向天献奶祝我幸福
迎着我乘坐的车辆
家乡的群山越走越近

我心里突然想到：
辽阔家乡的风水
雪白阿尔泰的群山
要是像云朵一样飘走，
我将到哪里去仰望
伫立在山峰上的岩羊？

山虽然不会离开水
像候鸟一样飞走，
山虽然不会跟着山
像云朵一样飘走

但是我却时刻准备
守着故乡的壮丽风景
和辽阔杭爱的安详
深夜里不敢眨一下眼睛

守着我父母的骄傲
雪山阿尔泰的壮丽
哪怕三冬的暴风雪中
从不敢放过一丝动静

这是因为我从小信仰
家乡的石头有灵气
它们的眼睛看着我
只要望一眼我就能解渴

这是因为我从小信仰
我是先学会跪再学会站立

养育我的家乡的水
流淌在我浑身的血液中。

家乡的石头像神药
不管哪一块都尊贵，
我相信他们都是
家乡群山的一部分。

流淌在我血液中的水
不管大小河流
我相信他们都是
永不动摇的群山淌下的圣水。

仁·却诺姆

（一九三六年至一九七九年）

出生在蒙古国肯特省达尔罕苏木。七岁丧父，历尽苦难，小学四年级就辍学。一九五一年从十五岁开始做达尔罕苏木的秘书，一九五三年在肯特省《向前》报社任秘书，一九五六年至一九六七年在乌兰巴托美术家协会、文化宫等机构担任画家。从二十世纪五十年代开始文学创作，因为严厉批判当时的社会弊端，所以一九六九年背上"诽谤蒙古人民共和国国家机关和社会制度"等罪名被判入狱，长达四年。因为政治迫害、个人生活等原因，多年酗酒严重影响健康，一九七九年在乌兰巴托病逝，年仅四十三岁。一九九〇年蒙古社会转型以后恢复了仁·却诺姆的名誉，一九九一年蒙古国政府追授国家奖。仁·却诺姆短暂的一生作品等身，身后出版《家乡的石头》《美好瞻部洲的太阳》《在哪里？那个天堂》《红皮书》《布里亚特》《留给世界的歌》等多部诗集，并在蒙古国和中国内蒙古出版多卷本文集。仁·却诺姆的诗歌不仅在蒙古国读者中有广泛影响，而且也强烈影响了我国蒙古族读者。

传 记

我这一生的传记是
与生活所有的艰难
你死我活着拼搏的
平民却诺姆的历史

我这一辈的传记是
虽然生不逢时但却
跟世道绝不妥协的
仁·却诺姆的历史

曾经在童年的天堂
是受宠若惊的孩子
只有十几岁的时候
却因为过早摘取了

"真理"这颗禁果
并尝到了它的味道
于是被人当作恶魔
放逐到地狱的历史

手无分文流浪四方，
痛苦和真理来充饥，
像一匹荒野上的苍狼
有饥饿一生的历史

蒙古语诗歌的土地上

用铁犁一样的笔锋

像牛像马不知疲倦

有拓荒耕耘的历史

没有受过正规训练

未曾尝过幸福的味道

夜以继日地挥汗劳作

终于成为诗人的历史

人间自有智者辈出

沿着他们走过的道路

我也不怕牺牲自己，

在这二十世纪，但是

磨破了嘴皮磨破了那些

不懂诗歌的人物的桌子，

被关进寒冷潮湿的监狱

有狗一样被驱逐的历史

可是我却没有灰心

有斗争到底的历史！

用我优美的诗歌

书写赢得胜利的历史！

我用细绳一样的生命

背了大山一样的苦难

可是我在平民的蒙古包里

有过比皇帝还幸福的历史！

青春年华

人间生活中失足迷茫
被酒精麻醉的心坎上
红红火火的青春年华
像飞鸟的影子一闪而过!

不知何为美味佳肴
将其倒掉的青春年华!
不识何为色彩斑斓
将其挥霍的青春年华!

不屑夏夜梦短,
却憧憬百般梦想,
追逐如画美女,车一样横冲直撞
一时得意的青春年华

不屑三九冬日的寒风,
把别人妻子当作情人来爱慕,
活比幪毡边角一样飘飘欲仙
不知天高地厚的青春年华!

不知人间险恶人心叵测,
孩子一样单纯成长的青春年华!
不识女孩子美丽和漂亮,
小鸟一样飞走的青春年华!

放荡不羁朋友聚会通宵达旦

像马群一样冲撞的青春年华！
打碎街灯打破窗户玻璃
做尽恶作剧的青春年华！

给小伙子红彤彤的脸上
扇一巴掌的青春年华！
与自己的好朋友闹翻
打出鼻血的青春年华！

忘记了经验，记不住教训，
把一时快乐当作永恒闹腾
在茫茫人海中错失一切
与忠诚的伴侣擦肩而过

被青春的诗歌感动不已，
浑身洋溢着灵感和激情，
却把诗歌当作人生真谛
自以为看透了大千世界

纯洁得不能再纯洁的青春年华
原来和我只有相伴十载的约定，
热烈得不能再热烈的青春年华
像春天的冰凌一样限期很短。

啊呀，可怜！我的青春年华！
无法借得也无法馈赠
是哲人般的大自然默默给我的
短时间有效的奖励吗？

人人皆获得这样的奖品，

却当作零花钱用来挥霍，
在这无情的人间猛一回头，
到最后任何人都一无所有。

离开了真诚的朋友，
才会知道失去的悲伤，
在青春年华一去不复返后
才能一遍遍地怀念后悔。

如果青春年华是摔跤，我们被摔倒了，
如果青春年华是赛马，我们被超越了，
我们用健康换取的
只有虚荣和诗歌！

人间生活中失足迷茫
被酒精麻醉的心坎上
红红火火的青春年华
像飞鸟的影子一闪而过！

却诺姆的悲歌

既然有了马奶解渴，
何必还要喝酒买醉？
既然你我没有缘分，
何必还要海誓山盟？

既然不能积水成湖，
何必还要痛苦流泪？
既然不能拥你入怀，
何必还要偷偷爱恋？

既然不能一醉方休，
何必还要品尝美酒？
既然不能幸福一生，
何必还要一见钟情？

既然天生没有翅膀，
就不要学鸟儿飞翔，
既然心里没有真情，
亲爱的，不要再哭泣！

夏天才有的雨水啊，
千万不要冬天洒落！
其实你不懂爱情，亲爱的
千万不要再伤别人！

我向他人乞讨我所缺少的

在巨大的世界面前
我摊开手掌正在乞讨。
请给我自由,
哪怕只值十元!

请把真理放在我的手上,
哪怕我看一眼再还给你……

多愁善感的人啊,
请给我几滴眼泪!
我把它滴在
英年早逝的诗友
未能出版的诗上!

放荡的姑娘啊,
请把偶尔闲出来的夜晚给我!
哪怕给我没有交易的一夜情,
第二天早晨离开,我绝不回头。

没有读者的伟大作家,
请从出版计划中淘汰一个给我!
哪怕是错误的,那也是生活的碎片,
让我出版一首对别人有用的诗歌!

我不向漂亮的人乞讨
需要的一切,

而是向长得丑的你乞讨，
就把从来不抱怨丑陋但充满自信的乐观心态给我！

还有富饶但是愚蠢的人，
我能向他们乞讨什么？
我把帽子倒放在穷人面前，
请给我你们的话语！
社会啊，
请给我良心！
强盛的二十世纪啊，
请给我人性！
请你把我
还给我自己！

我为亚洲骄傲

陶醉在爱情的真正甜蜜里，

陶醉在歌声美妙的旋律中，

对着蓝蓝的天

对着无边无际的原野

对着高耸入云的山峰

我想一展歌喉尽情赞美！

我写茂密的森林

我写像走马一样滔滔不绝的江河

我写长长的蓝色哈达

我写洒了一地也把奶桶染上白色的乳汁

我写发怒也镇静如山武器深藏的男儿

我写哭泣也轻易不让人看见眼泪的黑眼睛姑娘们

我写渗透人类痛苦的所有石头

我用充满我内心希望的诗歌赞美这一切！

世界啊，请问我吧：你出生在哪里？

请用高于一切的语气问我！

请问我，就像问亚历山大大帝！

请问我，就像问阿拉沙尔纳瓦！

请问我，就像问著写《帝王传》的培列奥斯！

请问我，就像让普希金诀别他的幸福！

请问我，就像让绝世的拜伦死去那般问我！

我回答你，虽然我独自一人，却像亿万个人那样回答你！

我出生在亚洲

亚洲是我的故乡！

在这巨大的世界上再也找不到的

亚洲是我的故乡！

在古老的记忆中被人遗忘的

不幸的四大洲我可没有选择去做故乡

因为有自由的天空任我自由呼吸

有辽阔的土地任我自由生活

有温柔的泥土任我坐卧

琴声温柔任我歌唱

历史古老任我回望

姑娘忠诚任我爱恋

所以我降生在美丽的亚洲。

亚洲接纳我，没有像澳洲那样

用凶猛的野兽威胁我，

亚洲接纳我，没有像美洲那样

让我向金钱伸手屈服，

亚洲接纳我，没有像非洲那样

让我饥饿和干渴，

亚洲接纳我，不像欧洲那样

把我赶到战场去送命，

而是伸出双手拥抱我，接受了我。

在人心一样辽阔的亚洲大地

我是刚学会走路的宠儿，

用火红的云彩镶边的亚洲蓝天上

我是自由飞翔歌唱的小鸟

在无边无际的草原上的湖水里

我是自由游戏的鱼儿

在踏遍世界的烈马背上

我是站在马镫上的神灵

我生长在亚洲

没有沼泽地频频颤动的辽阔的亚洲大地
没有被灰尘笼罩的我的温暖的草原
没有压垮人民脊梁的自由的蒙古草原
让我的智慧像草原一样自由增长的
美丽世界上的草原啊!

在飞快的骏马四蹄下溅起的
黑色石头和白色碱葱花
连接天地的海市蜃楼
骑着高高的红骆驼迁徙的沙漠故乡
盐碱地和干枯的湖床
龙甲一样干裂的泥沼
随风摇曳的白色芨芨草
蝗虫飞溅的辽阔山谷
洁白的羊群自由吃草的牧场
蒙古女人唱着长调的草原
喝着马奶度过十九个世纪的自信

把大千世界
把两亿年
囊括在两根琴弦中歌唱
在这个世界上独一无二的毡帐故乡
笛声回旋的亚洲
在这世界上还有像亚洲这样辽阔的大洲吗?
还有亚洲大草原这样的辽阔草原吗?
黑眼睛的草原女孩一样的健康姑娘
在其他四个洲还有吗?

越是成长越希望自己长高,

希望像亚洲的群山一样高，

希望像世界上没有比之更高的

喜马拉雅一样高，

希望把万年积雪一样的古老历史

举在头顶顶天而立

想唱响伟大祖先的荣誉

唱到这个世界被我的歌声感动！

秘密安葬在克鲁伦河的河谷至今无人知晓的

英雄的成吉思汗的尸骨我要歌唱！

蔚蓝的天空像无限的智慧一样的我的亚洲

创造了自己的历史引导了自己的人民

从来不忘记白发苍苍的历史伟人

朝代更替了我们从不污蔑我们的可汗

我没有听到过有人骂他们的错误

我们不嚣张像欧洲那样一箭定世界

我们懂得有失败才有胜利

伟大胜利是用伟大失败换来的

凡人不可评判伟人的得失

因为有这样的古老传统，

我的亚洲宽广

在漫长的历史中智者辈出

我是那些先贤的子孙

继承他们经历过的生活出生在亚洲

蒙古是有志气的男人在摔跤服里长大站立着死的国度

蒙古是月亮般的挤奶姑娘的脸蛋被风吹得红彤彤的国家

蒙古是天空晴朗、草原辽阔、盘腿坐在草原上的人们有威风的

世界上独一无二的国家

蒙古是山高、草美、河水清澈的辽阔的地方

蒙古的歌曲不是摩托的声音

是黑眼睛姑娘唱给马背上的小伙子们教他们感动的歌曲

蒙古的象征不是石膏像

是没有被野草掩埋的大路边上的石人。

沙·苏荣扎布
（一九三八年至今）

出生于蒙古国中央省。一九六三年毕业于蒙古国立大学，一九八一年毕业于莫斯科高尔基文学院。曾经担任过广播电视编辑、蒙古作家协会诗歌委员会主任，现在任蒙古自由作家联盟副主席。从一九六〇年开始文学创作，出版了《夜里开的花》《山风》《有太阳的世界》《月亮下的世界》《克鲁伦河的尽头》等诗集。一九七二年获得蒙古作家协会奖，一九八八年获得国家奖，一九九九年获得“人民作家”称号。

我是上天的儿子

我是
上天的儿子
来到了你们中间。
我和大地的女儿结婚
从太阳的碗里
喝了茶。
我被苦酒玷污
在孤独的床上
打过滚。
白雪
从天飞落时
我追逐嬉戏,
坐在云端上
在山和山之间
打秋千
尽情玩耍。
时雨从天而降
我欢天喜地,
像拽着细绳
顺着水滴爬上天,
把星星串成项链
给花朵戴上,
我是
上天的儿子
来到了你们中间。
我从天上的雷电

攫取火蛇

抽打败类脊背。

我让牛用角挑着

他恶毒的双眼惩罚他。

我驱赶灾难，给人带来洁净

在刚刚学会爬的孩子的膝盖下

铺上花瓣。

我从人们眼中读取他在想什么。

从人们的话题中

分辨真假犹如分辨黑线白线。

用通感的频道与霍尔穆斯塔频频联系。

用心灵的甘露酿造诗歌送给人类品尝。

有人抿嘴品尝，

有人大碗猛饮，

还有人从嘴里喷出来，

我对谁都没有怨言。

我是

上天的儿子

我来到了你们中间。

上天父亲打盹的时候

我作为瞬间的梦

趁机来到了这个世界。

等天神父亲一醒，就要回去。

这之前

我与你们同在，

背靠群山，

演唱史诗，

伴着你们的马头琴

高唱蒙古旋律。

大地上的人们啊，

等我回去时
请你们把
马头琴送给我吧!
我用它来伴奏
感人的歌曲
唱给天神父亲听。
那样就会打动他
变成充沛的雨水
赐给你们丰美的水草。
我是
上天的儿子
来到了你们中间。
大理石啊,
请你好好刻下
这一诗行!

一九七九年

你沉默不语时

你沉默不语时
黑夜笼罩了我
你脸上没有微笑时
我的心里响起悲伤的锣鼓。
你不高兴时
我的心忐忑不安
好像在你穿的衣服的针脚上
不知是谁的
嫉妒的黑虫爬来爬去。
你的轻轻一笑
好像是草原上
晚开的蓝色花朵
在频频摇曳。
你不愉快时
我思想的海洋不再有快乐的波浪
在悲伤的浓雾中
心灵的轮船折断风帆
沉入海中。
你舒畅时我心中的太阳冉冉升起
我思想的海上挂起梦想的彩虹
感动的雨飘洒在心里。
你——是风
我——是云
你——是月亮
我——是夜

一九七九年

除了梦没有坐骑

我心中的唯一爱人
住在三百六十天的彼岸
想悄悄到她身边去
除了梦没有骏马可骑。

道·尼玛
（一九三九年至二〇一七年）

　　出生在蒙古国中戈壁省乌力吉苏木。一九六六年毕业于莫斯科高尔基文学院。曾经在蒙古国作家协会、国家广播电台、《真理报》工作过，一九九三年至一九九七年间担任过蒙古国作家协会主席。从一九五八年开始文学创作，出版了《雁阵》《骆驼的故乡》《草原深夜骏马长嘶》等诗集。一九九三年获得国家奖。

草原深夜骏马长嘶

传说般古老的苍茫草原
四周寂静万籁无声
赶路人夜宿在草原上
惬意消除了长途疲惫

深夜天空中银河闪烁
好比地上拴马的长绳
偶尔有流星轻轻划过
好比调皮的马驹脱缰逃跑

传说般古老的苍茫草原
四周寂静　万籁无声
草原深夜骏马长嘶
莫非在星群中发现了同伴？

群山在等我

累垮在东山上
月亮在半途野宿
隔着半个月亮
群山静静等我。

群山手拉手连成一片
隔着千万座群山
守着忠贞的爱情
亲爱的你在等我。

瞭望四面八方无边无际
杭爱的群山和我的心上人
隔着太阳普照的草原
都在等待自己的爱人。

一九六六年

朋·巴达尔其
（一九三九年至今）

出生于蒙古国中央省巴彦吉日嘎朗苏木。曾经在牧区、文化机构、边防军队、蒙古国作家协会《文学报》等供职。从一九六〇年开始文学创作，出版《九种珍宝的祖国》《金色的粉尘》《六颗银星》《一串珍珠》《克鲁伦》等诗集。一九八八年获得达·纳楚克道尔基奖，二〇〇五年获得"人民作家"称号。朋·巴达尔其的诗歌主要写祖国的美丽自然、爱情和劳动、牧区生活等题材。

正午的奶茶

"赶路的人定是渴了,儿子!"
妈妈匆匆忙忙架起锅来盛满水,
在夏天快要燃起来的火热正午
在外面生火,熬奶茶。
妈妈全身湿透,挥汗如雨,
像寻找牲畜的人换骑的两匹骏马的汗水
她把克鲁伦河的水和青母牛的乳汁
熬成奶茶捧给多少个路过的人啊!

一九六六年

逝者闭目

有户人家的天窗盖白天没有打开
看来他家有人去世
寂静的蒙古包天窗上的幪毡
像眼皮盖住眼睛那般严实
白色幪毡四四方方
逝者的毡房也闭上了眼睛
阳光和风雨中亭亭玉立的
辽阔草原上摇曳的千万朵百色花中
犹如美丽的一朵花瓣散落凋谢一样
装满安详生活的蒙古包悄无声息
没有炊烟没有热气，好像
逝者的毡帐仿佛也停止了生息。

山中四首

山　溪

闪闪潺潺的山溪
像被胳肢的女人
逃跑时笑个不停
被石头绊倒打滚

石　头

山上的石头很多都是卧石
难道在遥远的过去曾是动物？
难道被袭击的母鹿未流血就冻结了？
难道跟踪在后面的老虎干透到底了？

树

迎接上天父亲的阳光
山上的树用枝杈祈祷
吸吮大地母亲的乳汁
树木用根须跪倒在地

骏　马

天上跑的是天神的坐骑

拴在马厩的是拉车的役马

两者皆不适合我

只有马群里的才是我的骏马

母亲的心

妈妈梦见了可怜的儿子死了
活到八十岁没有做过这么可怕的梦
挤奶做奶食虽然敏捷不减当年
却心事重重坐立不安
心头总牵挂着儿子。
听说你写了好诗，我的儿
人们在传诵
听说你写了好听的歌，我的儿
收音机上在唱呢
听说你过得很好，我的儿
路人说给我听的
听说你过得不好，我的儿
人们在议论你
哪个都没有区别，对我来说
只要你好好活着，给妈妈
就是你的荣誉
妈妈真的
好想儿子啊！
把捡牛粪的背筐和牛粪叉子
颠倒过来想念你
把石头当作牛粪
捡到背筐里想念你
不见踪影啊，我的儿
等待儿子，望眼欲穿
骆驼一样的朵朵白云
在天上僵住不动

绯红的天边

被我盯出了裂缝

但你却没有给我回来

听说人家的儿子给母亲回来了

欢歌笑语飞遍草原

听说我的儿子进监狱了

告诉我的时候心快碎了

"唉，那能怎么办？进去就进去吧"

对着别人我袒护儿子来辩解

"是否口渴了？我的儿"

内心深处我却无比痛苦

在我火热青春的时候

迸出的火花是你，我的儿

在我檀香树一样亭亭玉立时

飞落的叶子是你，我的儿

在我的掌心里滚动的

珍珠一般的

我的独生子

做梦都梦到

从地上捡到金戒指

放到嘴里咽下去了

从而惊醒的

独生子啊！

如果你过得不好

何必待在那里？

如果你活得很累

何必还在流浪？

回到母亲身边来！

在别人的眼里

你像长满青苔的石头

头发半白的

老儿子

在妈妈的眼里

你是躺在摇篮里

白白胖胖的婴儿

回到妈妈身边来!

我用乳房召唤你

我用死亡要挟你

我的儿,回到妈妈身边来

我的儿懂事

小马驹一样跑过来吧

回来!回来!

跑过来,跑过来

过来!过来!

一九九六年

达·乌梁海
（一九四〇年至今）

　　蒙古国著名作家、诗人、剧作家。出生于蒙古国布拉根省。一九六四年毕业于苏联国民经济学院，一九七八年毕业于莫斯科高尔基文学院。一九六八年开始文学创作，著有《致人们》《冬天的鸟》《相逢，诀别》《语言的乳汁》等长篇小说和诗集。一九八九年获得蒙古作家协会奖，二〇〇四年获得蒙古国"水晶杯"诗歌大赛冠军。达·乌梁海的诗歌以东方哲学的禅思见长。达·乌梁海曾经两次被提名诺贝尔文学奖。

色楞格

我的色楞格流得远，流向远方……

我的色楞格流向北极

北冰洋的小白熊

像我心一样洁白可爱的小白熊

站在色楞格的冰上蹒跚学步……

我的色楞格变成雪花飘落在喜马拉雅山顶，

我的色楞格在红色戈壁变成湿气滋润野驴干裂的嘴唇，

我的色楞格在非洲丛林变成雨滴滴落在雏鸟的翅膀上

我的色楞格环绕世界流淌

我的色楞格围着我流淌……

色楞格流向远方

色楞格总在我的视线内流淌

色楞格——我内心的蓝色支柱

色楞格——我内心的蓝色飘带

像地球绕着太阳，

我的心绕着色楞格……

色楞格——世界的河

色楞格——我的河！

一九七六年

秋天的树

叶子沙沙地喧哗，你在说话还是风在说话？
秋天的，拨动心弦的寂静

　　是你的寂静

　　还是消失在天边的飞鸟留下的空白？
秋天的，像驼羔毛色的颜色

　　是你的颜色，还是瑟瑟秋雨的颜色？
像经历过苦难的哲人，你总是无言

耳朵不曾听到无声的语言
只有心和眼睛才能倾听它，
和你说话真难啊，
可越是不能，我却越想和你说话

想问所有的问题，
我怎么问，你都沉默不语
你像孩子，

　　像什么都不知道的傻子，

　　　　像看透一切的智者，
用问题来回答我的问题……

一九七七年

秋天饮马

孤鸟在泉水上空盘旋……
不知为什么，飞得这么慢，像乌龟爬行
不知为什么，我的马
忘了喝水
若有所思干嚼着衔铁
忧伤地眺望远方的山峰……

孤鸟在泉水上空盘旋……
孤鸟形只影单地在泉水上空盘旋
好像把翅膀遗落在地上
用一整天来寻找
可怜的鸟，真想伴你一起飞……

松了松马肚带，我吹起口哨……
我的马
一闻到
泉水里鸟的倒影
便像要寻找我内心的坠绳
用温热的嘴唇搓磨我的手心，
像要追踪罪过
深深地望着我的眼睛
轻轻地……哭泣似的轻轻嘶鸣
犹如突然响起一阵阵雷声
从我内心的森林传来久久回响……

永远活着的理由

晴朗的天空中只要有鸟儿鸣唱，我就活着
因为我特别爱那只鸟！
从远山脚下只要传来声声松涛，我就活着
因为我特别爱那悦耳的声音
我活着，是因为有爱！

在草原上只要有人骑马自由纵奔，我就活着
因为我特别爱那身影！
在河畔草甸上只要有几匹小马驹蹦跳打滚，我就活着
因为我特别爱那些小东西！
我活着，是因为有爱！

冬营地只要还能闻到秋天碱草的余香，我就活着
因为我特别爱闻那草香！
被冬天暴风雪卷走的牛羊只要还平安无恙，我就活着
因为我特别爱听那喜讯！
我活着，是因为有爱！

春天的夜晚只要外面有细雨绵绵，我就活着
因为我特别爱那呢喃细语！
眼里充满期待的爱人只要依偎我胸膛，我就活着
因为我特别爱那气息！
我活着，是因为有爱！

在古老的毡帐里只要有永不熄灭的火，我就活着
因为我特别爱那安详！

在小山丘半腰的小路只要不被野草淹没，我就活着
因为我特别爱那宁静！
我活着，是因为有爱！

人们只要用美妙动听的蒙古语交谈，我就活着
因为我特别爱这语言！
没有神圣的蒙古，世界不再是世界，我就为此而活着
因为我特别爱这片热土！
我活着，是因为有爱！

因为这世界让我永远地活着
所以有一万个理由我不能死！

面对微笑一样陈旧的人生

面对微笑一样陈旧的人生

保持眼泪一样的热情!

明天一样亲近!

一定到来的死亡

不被重复!

面对眼泪一样陈旧的人生

保持梦想一样的光明!

用爱嘉奖没有爱的人

获得看不见的佛果!

面对忘不掉的怨恨

也要忍着不哭!

面对哀怨一样陈旧的人生

像看不见的佛就在眼前!

不再拒绝今天一样意料中的日子

一触即发!

像昨天的,

像前天的,

再不会活着离开

没有意义折磨我的漫长的日子

做一个异教徒!

不会为了写出愚蠢的诗歌而再生!

微笑一样陈旧……

眼泪一样陈旧……

哀怨一样陈旧……

像看不见的神

面对人生

保持常新！

像“没有的”那样

永远别样……

道·策德布

（一九四〇年至今）

　　蒙古国著名学者、诗人。曾经在蒙古作家协会、蒙古科学院工作过，长期担任蒙古国立艺术大学校长。研究索·宝音尼木赫、达·纳楚克道尔基、呈·达木丁苏伦等蒙古国早期作家，为蒙古现代文学的史料学建设做出了重大贡献。

月光从帐篷的门

月光从帐篷的门
悄悄地向你滑去
怕惊醒了睡梦中的你
我赶紧拽住了月光。

抚摸着我的目光
你的呼吸让我温暖
蹭痒着我的脸
你的秀发给我温柔。

微风从帐篷的墙根
轻轻地向你吹拂
怕惊醒了你的美梦
我赶紧拽住了秋风。

一九八三年

拉·罗布桑道尔吉
（一九四五年至一九八一年）

　　出生于蒙古国后杭爱省额尔德尼曼达勒苏木。一九六三年毕业于乌兰巴托市医学职业中学后从事医生职业，一九七三年毕业于蒙古国立大学蒙古语言文学专业。曾在蒙古国家电台、《啄木鸟》杂志担任编辑工作。从一九六三年开始文学创作，出版过《太阳雨》《遥远的身影》《星星之歌》等三本诗集。拉·罗布桑道尔吉虽然英年早逝，但是二十世纪蒙古国诗歌的重要代表诗人。

马头琴曲

太阳从天窗照进蒙古包，
光柱正好落在了哈那头。
有人伸出手握住了光柱，
这手有成年公驼的蹄掌大。

父亲的马头琴正襟危坐，
被阿日嘎勒[1]烟熏得有些年头。
捧起马头琴胜过接一道圣旨，
诚恐诚惶不碰衬毡一根毫毛。

驯马的老手五指粗壮笨拙有余，
只见过这手和烈马耳朵打过交道，
难以置信一碰琴弦就蝴蝶般飞舞，
柔软得不能再柔软完全没有了骨节。

辽阔的草原上路途遥远，
唯有长调伴着男儿征服寂寞。
一曲《棕褐色的雄鹰》，
展开翅膀从琴弦上庄重起飞。

冉冉上升的太阳心里急了？
一跃挂到了天窗上来倾听；
被晨露压弯的小草抬起头，
把腰身挺直随着琴声摇曳。

1　阿日嘎勒：蒙古语，指干牛粪，可用来烧火。

羽翼未满的雏鸟瞬间长大，
丢开巢穴飞上自由的蓝天；
心肠太软的人最是听不得，
他一落泪世界就跟着伤感。

杭爱的群山从天边潮涌而至，
挤进门来只为倾听天籁之音。
遥远的天空在蒙古包外降临，
孩子一样从哈那眼向内窥探。

远走他乡的骏马奔向故土，
回到草原画上归途的句号，
琴弓尚未划完悠扬的音符，
却轻敲一击琴弦戛然而止。

酸马奶在木碗里溅出隐隐的音波
屏住呼吸静静等待的人也会吃惊。
手挎奶桶的女人一声轻轻的叹息，
叫醒了世界回到了现实。

挤在门口沉醉琴声的群山，
背起手一翘一翘往回走去。
脸贴哈那入迷忘我的蓝天，
一百个不情愿起身渐渐远去。

鸟儿这才飞上蓝天鸣叫，
接续马头琴声婉转歌唱。
舍不得主人琴声停下来，
草原上的骏马长长嘶鸣。

太阳忘记在蒙古包里移动，
恍然清醒从哈那头上泻下。
一双大手托住了倾斜的光柱，
这双手有成年公驼的蹄掌大。

阿日嘎勒烟火熏陶的马头琴，
是父亲留下的古老的传家宝，
像请圣旨恭敬有加送回原位，
诚恐诚惶不碰衬毡一根毫毛。

一九六九年

遥远的身影

茇茇草的叶鞘枯萎
燎煳味扑鼻的正午
一峰母骆驼乳房肿胀
哀鸣不停叫人揪心。

苍老阿尔泰的顶上
好像拴着一片白云
远看像洁白的驼羔
母驼望着哀鸣不止。

目力所及的地方
出现了草原深处的身影
母驼流着眼泪哀鸣
想摆脱鼻勒细绳。

所有生灵难耐暴晒
到处寻找阴影避暑
只有母驼思念驼羔
一刻不停哀鸣不止。

铁青母驼身体僵硬
全身爬满蚊虫叮咬
却不见她动弹一下
只撕心裂肺地哀鸣。

戈壁上的青色石头

简直要燃烧起来了
望着前面汪汪的水
母驼却发呆嘴都不沾。

爱子如命的动物
令人悲伤地哀鸣
高耸入云的阿尔泰
低下了高贵的雪顶。

不忍心离开抛下
陷入沉思的阿尔泰
驼羔一样的白云
把自己拴在山顶。

从火热的戈壁起程
我的心情格外沉重
向着巍峨阿尔泰的
凉爽的山岭出发。

在阿尔泰宽阔的怀里
安然入睡的夜晚
做梦自己见到母亲
在她怀里撒娇。

用温暖的手抚摸
我额头上的皱纹
母亲慈祥地对我说：
"哦，我的儿子还幼小！"

想到哭泣的母驼

撕心裂肺的哀鸣
我祈求我的母亲：
"请你复活可怜的驼羔！"

年事已高的母亲
像苍老的阿尔泰
用衰老变形的手指
轻轻地碰了琴弦。

长叹一声的母亲
擦拭了一滴眼泪
跪坐在白母驼前
开始拉起了老琴。

带着蜂蜜芳香的
温柔的阵阵清风
是你可爱驼羔的
温热的气息，请听！

清澈的湖水映着云
照着蔚蓝的阿尔泰
那里有驼羔的体香
请你倾听！母骆驼！

母亲的琴声像魔法
遥远的戈壁边际上
时隐时现的身影变成
可爱的驼羔颠跑过来

拴在阿尔泰山顶的

驼羔一样的白云

撞倒一座座高山

嘶鸣颠跑直奔母亲

跪下吸吮母亲的乳汁

母子在琴弦上相见

苍天的雨水下个痛快

万物在琴弦上复苏

琴声越来越低

抬起头来的母驼

才想起了蚊虫叮咬

抖身赶走满身的蚊虫。

清风微微吹拂

母驼闻了驼羔的顶鬃

清澈的阿尔泰的水

母驼这才有心沾嘴……

从美梦中突然醒来

承受心灵的折磨

实在是意料之外

对我极端的惩罚。

抓起袍子向门外走

跨过门槛的一瞬间

像刚刚站立起来的

驼羔一样双腿打战。

我们火热的戈壁

远在目力所及的地方
我身虽然在这里
心却留在戈壁。

苍老的阿尔泰山
风作长长的叹息
驼羔一样的白云
离开了雪白的山顶。

在梦中我幸福无比
醒来却痛苦无限
永远拴在内心深处的
遥远遥远的故乡啊……

一九七八年

金巴·达西敦多格

（一九四一年至二〇一七年）

出生于蒙古国布拉干省布日德杭爱苏木。蒙古国著名儿童文学作家，被誉为"蒙古的安徒生"，在国际上有广泛影响。著有《枣红骏马》《骑马的故事》《黑乌鸦的白善史》等儿童诗、儿童小说和童话多种。

五 色

小绵羊啊小绵羊
你为什么
洁白洁白像雪球？
　　大雪过后我出生
　　白雪送我白颜色

小山羊啊小山羊
你为什么
天蓝天蓝像哈达？
　　晴朗早晨我出生
　　晴天给我天蓝色

小牛犊啊小牛犊
你为什么
鲜红鲜红像朱砂？
　　日出时分我出生
　　太阳给我红颜色

小马驹啊小马驹
你为什么
乌黑乌黑像绸缎？
　　深更黑夜我出生
　　黑夜给我黑颜色

小驼羔啊小驼羔
你为什么

乳黄乳黄像金子？

　　戈壁滩上我出生

　　戈壁给我金黄色

陶·敖其日胡

（一九四三年至二〇〇一年）

出生于蒙古国戈壁阿尔泰省。一九七一年毕业于蒙古国医学院，一九七九年毕业于苏联共产党中央委员会社会科学院。先后从事过医生、广播电视台记者等职业。一九六〇年开始文学创作，先后出版了《天边的星星》《阿尔泰的马驹》《山和人》《羁马石》《那达慕早晨的云》《早秋的白霜》《眼泪一样的叶子》等诗集。一九八三年获得蒙古人民共和国作家协会奖，一九八六年获得"水晶杯"诗歌比赛冠军。

羁马石

想念我亲密无间的祖国，

从万里之外日夜思念，

在我远焦镜头般的心中，

童年被拉近，故乡一清二楚。

水草丰美的夏营地就在眼前，

草木茂密的凹地边上羁马石最显眼，

在三十年前原来的地方，

三角形的大青石原封不动躺在那里，

好像谁的骏马还羁绊在石头上，

我好像闻到了再生秋草的芬芳。

"学会羁绊坐骑了，我的儿子！"

父亲鼓励我的话，还有

可爱的童年、小手的指印

就留在那块羁马石上，永不磨灭。

故乡的一颗石头也系着我的心，

清爽的阿尔泰故乡系着我，就像羁绊着骏马。

就像骏马围着羁马石悠悠吃草，

祖国，我也从望不见你的遥远的地方回到你的怀里。

一九七八年

莫斯科

风中摇曳的草尖

风中摇曳的草尖
好像说，分开吧，离我远点
河对岸的柳树，有点点黄斑
像是挂了褴褛不堪的旧衣

积云压顶，天空如此沉闷
少言惆怅，心儿依旧沉重
枕爱的秋天，幸好有阵阵微风
回去，还是等等？却有隐隐的悲愁

一九九六年

路　人

路过我家做客的行人
临走时给父亲留下了很多东西
不过他没有赠送钱财
也没有馈赠贵重的礼品
"认识你们很高兴",他留下了名字
离别时说了声"再见",还把手伸给父亲,
告诉父亲自己的家在哪里,
还加上一句他的女儿正好和我同岁,
喝了一碗热茶,路人临走时
给父亲留下了很多东西

人们啊，请彼此鼓舞

人们啊，请你们彼此鼓舞！

请说出让人振奋的温暖话语。

见到刚刚学会走路的可爱幼儿，

请鼓励他：走起来！走起来！

见到穿珍珠般用母语造句的小女生，

请鼓励她：你会成为博学的人，好好学习！

见到第一次领工资的小伙子，

请鼓励他：父亲的儿子如今长大成人了！

见到在生活中受了挫折垂头丧气的人，

请安慰他：你不会再走同样的弯路！请努力！

见到多年等待心中人的情人，听到"这么多年，还远着呢"，

请鼓励她：哦，很快，不要着急！

见到悲观的老人，听到"岁数大了，不中用了"，

请鼓励他：爷爷，你还很健硕！

人们啊，请你们彼此鼓舞！

请说出给人力量的温暖话语！

巴·拉哈巴苏伦
（一九四四年至今）

　　蒙古国当代最著名的诗人之一，出生在蒙古国中央省。一九七三年入莫斯科电影艺术学院学习编剧专业。曾任蒙古国作家协会主席、蒙古国大呼拉尔议员。一九六二年开始文学创作，著有《抒情的圆圈》《白轴》《初乳》《苦草》等诗集。一九九〇年获得蒙古国国家奖，二〇〇三年获得"人民作家"称号。巴·拉哈巴苏伦是蒙古国现代诗坛上里程碑式的人物。他的诗歌为蒙古国现代诗歌的发展带来了抒情诗的新时代。

孛儿只斤¹的大草原

轻轻叹息一声

腭膛感觉到母亲的乳汁,

倒吸一口微风

冷蒿的芳香粘在嗓子上,

哦,孛儿只斤的大草原!

圆圆的月亮无法穿越你,只能在野外露宿

你是"苍天的卧处",我的大草原!

除了碱葱的白色小花,

连能安慰我的像样的花都没有的贫瘠草原!

你是尊贵中的尊贵,你是平凡中的平凡

你是看苍天脸色祈求雨水和阳光的沾满乳汁的大地的怀抱!

当我降生在这个世界上

你像绸缎一样温柔地接受了我,

当我尝尽幸福和苦难

在你的石头上洒下悲喜交集的泪水时

你却对我强硬得令我吃惊,好像在训斥:

"要有男人的志气,挺起腰板做人!"

在你的沙砾上生出羽毛的鸟儿在天上死去

乘风的羽毛却回落到你的怀里,

刚刚死去驼羔的母驼

流着带血的乳汁寻找孩儿四处颠跑的时候

只有你分担了它的痛苦咽下了它的乳汁

让母驼肿胀的乳房得到了舒缓。

只有你把祖先的尸骨和从天而降的陨石

---

1 孛儿只斤:蒙古语,蒙古黄金家族的姓氏。

合葬在世界的中心，

只有我内心的伤口愈合之后

你的伤口才愈合，我的大草原！

从放牛犊的草场开始

你给我摆了满世界的玩具，

于是我成了任性的宠儿；

但是你却不忍心告诉我

千百年来的痛苦教训，

于是我到今天也是冒冒失失；

你的泉水从地底涌出来，

滴穿岩石的激流，

让我变得坚强无比。

像锯齿一样远方群山的山峰

青色火焰的红色火舌

让我永远发愤图强，

随着你的枯荣

月夜里令人哽咽的古老曲子

让我有时候多愁善感。

故乡吉祥的人民

甚至湖边的小石子

都教我如何做人。

当我两鬓发白

小时候吃的母亲的乳汁

从我的身体里散发出来的时候

我把诗歌留给你

就像留下古老的石人，

压着我的影子跪倒在你的怀里，

把自己永远还给你！

我的孛儿只斤的大草原！

一九七九年

梦的戈壁

胡杨树下驼羔哀鸣，
奶锅飘着半个月亮，
小山头上云彩飘移，
母亲常到我的梦里。

辽阔天空融进戈壁，
母驼低鸣爱抚驼羔，
东边湖里鸳鸯和鸣
各种梦里母亲常在。

戈　壁

受伤的黄羊

为了不让沙漠染血

舔着伤口自愈的戈壁

美丽的女人们

为了不让自己的男人感到耻辱

勒紧腰带的戈壁

太阳照不进井底

井水

冷得水斗都打战

月牙儿卡在峭壁上

大地的石角

山峰温暖

冷和热

交替

形成的边界

硬负于

软

形成的土地

海市蜃楼

在其脊梁上徘徊

蜃气总是雀跃

远古的梦
伏在下面
沙子经常移动

因被白色新月的
温柔所感动
彻夜低唱倒塌

因为金色太阳
受到鼓舞
一整天燃烧不止

不被他者融化的
金色沙粒
是太阳的余留

苍茫大地的
旱浪
是大海的遗留

夜里悄悄吞没
我摆好的玩具的
沙漠

赐给我的福分
足够我活一辈子的
故乡

珍珠般的蒙古包的身影

牲畜的体味

是我的至爱

拴住的驼羔

本身就是

马头琴

倘若从山坡路过

从马镫里

不把脚抽出来

山上安葬的

祖先的尸骨

会频频欠身

蓝色的蜃气

互相追逐

嬉戏的柴达木

蓝色的天空

落到地上

星星洒满了山头

如果讲

一句

不吉利的话

孩子会

不得安静

整夜哭闹

撑开皮绳的
发酵的
木桶里的马奶

颜色发青
发错酵
发僵

心地善良且注重礼仪的
以太阳和月亮的乳汁哺育的
人民

在蓝色长调的旋律中
蜃气跃动不止的
有生命的戈壁

数着山头夜宿
不想看城市
可以生活一辈子的

胡杨的金色戈壁
是我的
沙漠摇篮

一九七九年

冬·朝都勒
（一九四四年至今）

蒙古国著名诗人、翻译家、新闻工作者，出生于蒙古国中央省。一九七六年毕业于蒙古人民共和国党校，曾经在蒙古人民革命党中央委员会、蒙古国作家协会工作过。从一九七〇年开始文学创作，出版有《故乡六色》《草原上的小草》《群山相见》《掌纹》《无畏男人的史诗》《百山之花》等诗集和《黄骆驼的故乡》《从远处看不见眼泪》等叙事文学作品。一九八四年、一九九三年、一九九七年分别夺得蒙古国"水晶杯"诗歌比赛冠军，一九八二年获得蒙古作家协会奖，一九九六年获得蒙古国国家奖，二〇〇五年获得蒙古国"文化功勋"称号，二〇〇九年获得"人民作家"称号。冬·朝都勒的诗歌具有一种明显的"大众倾向"，并在诗歌作品中创造出了诸多个性鲜明的形象，获得了文学评论界的一致赞誉。

关于只有一个的诗

你说只是一个？

你说只有一个？

对这一个呀，

连一个人都不服，

但是只有人们啊，

请你们要知晓一个的伟大！

就像所有的山峰从大地上一点一点隆起

所有的数都从一开始，

所有的星球都围着一个太阳运行，

所有的客人都围着一堆篝火狂欢。

我对你只说一次我爱你，

我只和你一个人共度一生。

一粒种子能够变成一片庄稼，

一匹骏马能够穿越万水千山。

一个人活着全靠一颗心脏，

一座山中汇聚了九种珍宝。

一片海等于无数条小溪，

一位智者胜过无数的蠢材。

虽说只是一个，

虽然一个人也不服

一个，

但是一个地球承载着一切人类运转

如果不爱这一个地球

我们最终将一无所有！

只有人们啊，

请你们要知道一个的伟大！

一九八二年

我这些让人讨厌的朋友

但凡人为财死

穿绸缎的做梦也忘不掉锦缎世界，

患上诗歌这个怪病，

听着民歌就感伤，

把自己当作火柴点燃，

让自己又像燃灯一样熄灭的

我这些让人讨厌的朋友们啊！

给"年度小姐"的挂历写情诗

如果对方没有反应写得更起劲，

虽然被时代的榔头

砸出裂痕，

但在冰冷生活的头顶上

却敢做打火石迸出火花的

激情燃烧的命运！

虽然在蒙古包里横七竖八躺倒一地

一醉不省人事，

但是为了大家

让生命像零花钱一样流逝，

从英雄倒下的

战场上，

从酒仙李白抱着月亮的

江南的船上

从达·纳楚克道尔基吃尽苦头的

监狱冰冷的房间里

却诺姆[1]把最后一杯酒一干而尽的

酒席旁边

我们的诗人

说着真诚的话

为太阳和人类辩护,

把虚假和邪恶

当作废纸撕烂!

虽然都有酒瘾,

却没有那么严重,

我这些被人讨厌的朋友们

会写出让人惊叹不已的杰出诗篇!

就让部长们继续说他们是一群疯狂的酒鬼吧!

只是

我这些被人讨厌的朋友们

把世界上的所有热量

都喝进了身体里

我们不在乎你们比子弹更狠毒的话语,

因为我们的血液里燃烧着太阳,

有朝一日我们会燃烧着结束自己!

像蚂蚁般一团糟的这个世界,

监狱和婚房,

还有被人冷落也不在乎的

几个诗人!

佛陀

基督

安拉

从天而降见你们还远着呢!

---

1 却诺姆:指本书收入的蒙古国诗人仁·却诺姆。

如果把色彩和真理截然分开，
那是徒劳无益的事情，
请你们爱护那几个"东倒西歪"的酒鬼！
请你们爱护我那些让人讨厌的朋友！

我的母语

别说是一包包的经书，

就连厚厚的词典和博学的学者，

我也没有向他们请教我的母语！

别说是佛教的经文，

连诺彦呼图克图 [1]

和我崇拜如神的雅沃胡朗 [2]

以及居无定所的佛——却诺姆

我都不曾向他们请教过

我唯一的母语！

由正确和错误结合而成

有神灵和魔鬼做伴

用骏马的铁蹄锻造的

这世界上唯一的

伟大祖先留下的土地

教会了我母语！

两根琴弦

行云流水

马头琴奏出的

骏马颠走的旋律

思念母亲的

驼羔的硕大眼泪

草原上飞落的仙鹤的鸣叫

教会了我这种语言。

---

1 诺彦呼图克图：指本书收入的蒙古国诗人诺彦呼图克图丹律拉布杰。

2 雅沃胡朗：指本书收入的蒙古国诗人别·雅沃胡朗。

在轻轻的微风中

幪毡飘动，依旧是蒙古

宁静的夜空，云层中

露出月亮，依旧是蒙古

手持佛珠的

白发苍苍的母亲永远安详，依旧是蒙古

辽阔的蓝天

父亲升起的红火

我所有的基因

都是蒙古

进到骨髓里还是蒙古

因为蒙古依旧是蒙古

我有何理由

不爱我的母语？

七色彩虹挂在

蒙古的天空上，

国旗上的索永布[1]

依然飘扬如新！

乳汁和石头

创造了我的身躯

乳汁海般的母语

创造了我的诗！

有太阳有影子的诗歌

创造了我！

如果这个世界

收回送给我的一切，

请一定要把我的母语留下！

如果要收回我的母语，

---

1 索永布：蒙古古代文字，现指蒙古国国旗上象征独立的标志。

请一定不要把我留下！

没有灵魂，神就不再是神，

没有了母语，诗人不再是诗人！

怎能忘记谁给了我们幸福？

河流比海洋多

平凡的星星比日月多

英雄远比我们认识的多

永远向你们致以崇高敬意！

我们虽然说你们无名

把花圈安放在你们中间

但是在这世界上有谁还比你们更有名？

还有谁比你们更为永垂不朽？

这世界上盛开的每一朵鲜花

都是你们胸前的军功章

这世界上所有的高山

都是你们永恒的纪念碑

草原上自由的风

是你们永不停歇的气息

从高山上裹挟着巨石

泻下来的激流是你们的鲜血

千家万户点燃的赤焰

是你们跳动的红心

知道你们永远活在我们心中

敌人至今还惧怕你们

他们企图找我们复仇

早就被你们打败的仇恨

世界上没有无名英雄，只有英雄

并不是只有几个人等到了胜利，而是大家一起赢来了胜利

可怕的战争中是你们，冲在前面

如果需要我也跟着你们冲过去

你们在战争中依然获胜

你们永远是不让旗帜倒下的真理卫士！

当·尼玛苏伦

（一九四九年至二〇〇二年）

　　出生于蒙古国苏赫巴托省达里刚嘎苏木。一九六三年毕业于乌兰巴托教师中等学校。曾经在埃伦察布等地铁路局工作。从一九七〇年开始文学创作，出版过《春流》《心中的自然》等诗集。一九八九年获得蒙古人民共和国作家协会奖，一九九九年获得达·纳楚克道尔基奖。

四　季[1]

一

雨滴一滴两滴落下来很美

枯槁已久的草湿透了更美

春天的雪水流向我家也美

偶尔有鸟儿鸣叫美上加美

金丝燕在身边飞翔很美

路人来我家在拴马桩下马也美

我家旁边有人家搬来也美

那户人家有女孩儿更是美

杭爱地方突然下雨真是美

黑暗中的一道道闪电更美

一连几日细雨连绵也很美

远方客人带着雨水来也美

金黄的草原草儿摇曳很美

风儿在骏马顶鬃上调皮也美

月夜睡在干草堆上确实美

梦见你后不慎滚下来更美

连日的雨水偶尔停下来很美

1　本诗为长诗。

雨衣挂在衣架上滴水也美

太阳从云层中露出脸蛋也美

鸟群从门口飞过去也很美

夜里在远处骏马嘶鸣很美

从睡梦中醒来胡思乱想也美

黎明时从天窗照进曙光也美

就这样迎来清晨也很美

雨白茫茫一片下个不停很美

骑着银鬃马的人渐渐远去也美

他说赶在雨前来到你家很美

他抱着孛儿只斤马鞍进包也很美

月亮下面的山头上母驼鸣叫很美

三弦琴弦上弹出熟悉的旋律更美

金黄色的火焰熊熊燃烧也美

人们朦胧的脸忽暗忽明也很美

蓝色高颈瓶般仙鹤鸣叫很美

柴达木草原上阴雨连绵也美

寂静中的花儿点点头也很美

暴风骤雨前一切寂静那也美

月亮从天窗照进来很美

照到盛奶的锅里更美

夜晚月亮迟迟升起来很美

戴马绊吃草的马喷鼻也美

小雨淅淅沥沥下个不停很美

一下绿起来的草甸看起来很美

东南边的天上出现彩虹很美

一阵阵太阳雨一闪一闪更美

用手掌去接纯净的雨水很美

姑娘们散开淋雨的头发更美

冷蒿野葱的芳香扑鼻而来很美

不安分的心远思近想美妙至美

有人在黄昏时分到来很美

又在黎明前赶回去也美

这个世界美得几乎让我哭出来

这个世界美得几乎让我唱起来

我的故乡像诗一样美

我的祖国像歌一样美

一年四季活着是多么的美

埃伦察布下雨真是美

二

早晨起来能看见下雪真美

抖动幪毡从天窗落下雪才美

瞭望四方山川披银确实美

偶有一棵草雪中摇曳也美

夜晚见到牧户人家的灯光很美

骏马知道有人家轻快前行也美

借宿的人家有同龄女孩最美

看家牧犬对着月亮叫个不停也美

雪花从天窗飘进蒙古包很美
落在锅盖上瞬间融化也很美
父亲坐在蒙古包的正北是壮美
母亲掀开门进来是耀眼的美

太阳从小山头上冉冉升起很美
太阳下面有勒勒车缓缓走来也美
车轮吱吱作响轮转很美
从车轮底下小鸟惊飞更美

突然变天天昏地暗很美
远处的东西越来越模糊也美
大风卷起来烟雾倒灌也很美
鹅毛大雪大团大团落下来也美

烤着炉火一阵一阵打盹儿很美
刹那间做梦梦见夏夜宿醉也美
某某啊，喝茶吧！有人轻轻地叫也美
某某的姐姐轻轻地拽我的手更美

山梁山谷散发银色光芒很美
远处的群山闪着银光更美
暴风雪过后雪原一片晶莹更美
雪后的晴天一切洁白明亮更美

天上的星星围着月亮很美
犹如原野上的马群一样优美
天上的三星代表着我的心愿很美
外星使者和坐骑在天上来往很美

雪花纷纷飘落静静地美

时间轮番回转很美

美丽的你虽然没有看上我我却以为你喜欢我也很美

闹钟在墙上不停地行走也很美

满月升起的夜晚站在外面也美

堆放在勒勒车上的货物耸立着很美

远处的旷野黑一片白一片也很美

想去看看究竟却又胆怯真是很美

暴风雪在外面呼啸肆虐很美

烟囱或者什么东西突然响一下也很美

瞬间一阵阵天昏地暗五指不见也美

大雪堆积在蒙古包周围也很美

人们纷纷从蒙古包出来很美

晴朗的天空中鸟儿飞翔很美

大家跑向草原跑向山上很美

脸蛋红扑扑的姑娘们在外面嬉戏很美

有人在黄昏时分到来很美

又在黎明前赶回去也美

这个世界美得几乎让我哭出来

这个世界美得几乎让我唱起来

我的故乡像诗一样美

我的祖国像歌一样美

一年四季活着是多么的美

埃伦察布下雨真是美

三

冰雪融化很美
温暖的季节到来很美
等待你很美
数着时针也美

鸟儿飞过来落地很美
落在石头上再飞走也美
山路上有人路过很美
坐在岩石上观望很美

邻家的姐姐去汲水很美
用望远镜定格北边的泉水也美
蓝蓝的蜃气在远处影影绰绰很美
蓝色的蒙古袍再美不过最适合你

小山头上蜃气笼罩若隐若现很美
微微轻风吹拂脸蛋美得温柔
青草上飘着一层淡淡的雾霭很美
青色的雾霭把我层层裹住更美

宁静的夜里突然彻夜失眠也美
听着远处的动静打发时间也美
有谁在远处隐隐约约低语也美
摇篮曲中安然沉睡的世界很美

有谁来了又走了其实很美
想抽烟想起来没带火问我借火也美

慰藉世界和为他人着想都很美

热爱一切和江河流淌两者皆美

江河开冰冰凌冲下很美

突然后怕站在冰上会被冲走很美

一个人早晨在河边走走真美好

和你一起在傍晚的河边更美好

喜鹊在勒勒车上报喜很美

不知道谁从哪里来也很美

从四面八方来亲戚多么美

亲朋好友顺路过来探望也很美

故乡从很远很远就映入眼帘很美

噙满泪水的眼睛里溢出热泪最美

站在马镫上吹着口哨飞奔很美

飞奔的马蹄之间鸟儿穿梭更美

春天的清晨早起很美

手持笼头寻找坐骑很美

闻到冰雪凉爽的气息很美

嘴里含着薄薄的冰片也美

年年在草原上生活很美

在星罗棋布的蒙古包里生活很美

天上的马群在头顶上闪闪发光很美

包顶上的雪融化落在烟头上也美

花草芬芳很美

树林青翠也美

岁月来临也美

岁月流逝也美

有人在黄昏时分到来很美

又在黎明前赶回去也美

这个世界美得几乎让我哭出来

这个世界美得几乎让我唱起来

我的故乡像诗一样美

我的祖国像歌一样美

一年四季活着是多么的美

埃伦察布下雨真是美

四

叶子一片两片掉落很美

太阳从小山头后面升起来很美

悄悄地起风很美

没有预兆旋风卷起也美

河流潺湲流淌很美

波浪上有只蚊子漂浮也很美

马粪蛋在水中一沉一浮也美

木车的横梁从河中流过很美

想起往事心中悲伤不已也美

有谁到远方去想捎个话也美

远方有身影望眼欲穿也美

见到绸缎头巾风中飘扬真美

天上飘着淡淡的白云很美

白云在我的心间飘荡更美

随着稀疏的雨点刮起风很美

摇曳的草尖更美

骑马的人在草原上奔驰而过很美

马蹄声声从远处传来很美

眺望着天边很美

消失在天边的长长的路更美

鸟儿向南飞很美

在云中鸣唱更美

太阳像金盘一样很美

叶子卷起金色风暴更美

金色的太阳雨很美

三弦和古筝琴弦低吟很美

聪慧的洪古尔朱拉成熟得美

不懂事的几个弟弟想念她也美

外面响起马镫的声音很美

骑着漂亮骏马的人来家做客也美

仲秋初三这一天到来也美

宁静的夜晚天上升起新月也美

在睡梦中听到古老传说很美

有人说那是发生在旧寺庙的旁边也美

月亮从窗户照进来的夜晚讲故事很美

拿起朝尔[1]一弹唱就打动了神鬼也美

---

1 朝尔：蒙古古老乐器。今天的马头琴便由古老的朝尔演变而来。

月亮周围出现光晕天要变冷很美
风把星星从天上刮跑也美
冬至这一天白天黑夜等长很美
骏马和主人同时入梦最美

石头上落满白霜最美
用芨芨草在上面写诗更美
风吹蒙古包顶心也跟着动最美
远方的思念比过分的亲密更美

冬天的树上没有叶子鸟儿充当叶子很美
鸟儿用蒙古的音调鸣唱很美
历史朝代的苏力德像太阳一样旺盛最美
身边有金色索永布的圣火燃烧不灭最美

有谁过来唱歌很美
有谁离去悲伤也美
放不下的爱在心中化作旋律很美
流转不停的时间不忘敲钟很美

有人在黄昏时分到来很美
又在黎明前赶回去也美
这个世界美得几乎让我哭出来
这个世界美得几乎让我唱起来

饱含着我两眼的热泪
啊，祖国的四季
啊，多么……
你总是这样热泪盈眶

一九七九年

我爱平凡的一切

我爱平凡的一切
喜欢默默流淌的河流
喜欢你朴实的样子
我爱平凡的一切

我爱平凡的一切
就像从石头和宝石中选择石头
一切贵在顺其自然
我爱平凡的一切

花瓣不适合涂彩
你的美无需化妆
每一朵花都让世界变得更美
你天生就是我的最美!

曾·杜拉姆

（一九五〇年至今）

　　出生于蒙古国巴音洪古尔省巴彦布拉格苏木。一九七三年毕业于蒙古国立大学并留校任教直至退休。一九八二年在莫斯科俄罗斯科学院东方学研究所获得副博士学位，一九九七年在布里亚特科学院获得语文学博士学位。是国际著名的学者，在神话学、萨满教研究和象征学研究方面享誉世界学术界。从一九七〇年开始文学创作，出版过八部诗集，其诗歌被誉为"深刻反映了蒙古人思维深处的世界"。二〇一七年获得蒙古国"人民教师"称号。

人 字

像连接天和地的

绵绵细雨

像演奏马头琴

阐释辽阔和紧凑

像流水般的走马掬步颠跑

我书写自己的蒙古文

字冠、字牙、字干、长牙齐全

本身就是人——我的蒙古字

黑夜里电闪雷鸣

好像划过右撇和分写左撇

春来回暖积雪融化

好像用黑墨连写

像热嘴牲畜的账目

牛羊在漫山遍野吃草

像《大乘经》的目录

青青的群山映入眼帘

在世代居住的故乡的任何角落

我都能找到传统蒙古文的影子

国家的印玺上刻着蒙古字

历史的遗迹上刻着蒙古字

先贤圣哲的怀里揣着蒙古字

创造了祖先历史的文字啊！

把无比丰富的知识的精华

收入十明的经书中

用九种珍宝刻写而成

有非凡的历史使命

写出不可怀疑的唯一的真理

像春绿柱石一样闪闪发光

号召牧民群众参加革命

做出了不可忘却的伟大贡献!

如果没有强弓一样的文字,

我们用什么来书写《蒙古秘史》?

用什么来刻写历史的石碑?

用什么来演唱《格斯尔》《江格尔》[1]?

如果没有历经千年的文字,

丝绸包裹的经书怎么办?

在长河般的历史岁月中

我们不能忘记传承到今天究竟是为了什么?

像顶天立地站起来的人,

上上下下书写的文字啊!

却被子孙后代冷眼相待,

承受了委屈的命运的文字啊!

因为唱出了强大祖先的历史,

因为保留了东方文化的遗产,

因为讲述了北斗七星的传说,

所以被贬低,背满了罪名。

在亲生母亲的苍苍白发中

是谁教唆你们放火?

维护历史真相的人的神经

是谁让他变得神志不清?

在火光中像羊皮一样卷起来

像伸手挣扎一样

剩下一两片残片

1　《格斯尔》《江格尔》:蒙古民族中广泛流传的英雄史诗,与《蒙古秘史》并称为蒙古文学三大高峰。

在荒野上被风卷飞，

为了和摇篮里的子孙见上一面

缠在芨芨草的根须上，

为了在山谷背风的地方停下来

和荆棘搅在一起滚落。

为历史辩护的梦想

变成神志不清的几个人

在大火之前圣者无力

变成灰烬的几部经书。

从不撒谎思想正直

像竹笔一样笔画顺畅

只有"旧蒙古文"[1]的绰号陈旧

但是命运却从来不陈旧

字字具有珍宝的品相

每个字节都有知识的涵养

文化复兴的苍老高峰

索永布字[2]的祖先，我们该怎么办？

一九八八年

---

1 旧蒙古文：蒙古国通用基里尔蒙古文之后。相对新使用的基里尔文，把原来使用过的回鹘体蒙文称旧蒙古文或老蒙古文。

2 索永布字：蒙古人历史上使用过的一种文字。

戈 壁

创世之初这里曾是汪洋大水

冰川世纪这里曾经晶莹如镜

恐龙曾在这里咆哮争斗过

生活曾在这片土地上沸腾过

从远古开始轮回更新的时代

至今还在每年春天重复着同样的梦

戈壁游动在大海般蓝色的蜃气中

我们在海浪中迁徙着长大

只有我们从小看惯了

没有人创作过、也永远不会创作的美景

把没求任何人、也永远不会求人的巨大财富

戈壁藏在怀里留给了我们

我们用恐龙蛋当玩具

把它当成牛羊来玩耍

长大以后才知道其中的奥秘

从此才懂得心疼永不贫瘠的富饶的戈壁

心疼传说中的三个美丽女子[1]

欣赏古日班赛罕[2]三座美丽的山

我从此变得温柔多情、深思熟虑

正午的太阳下大地变得炙红

普通的石头都变成火炉里的燃石

深洞里常年结冰刺骨

我喜欢这陡峭山岩的深谷

---

1 传说中的三个美丽的女子：戈壁上流传的三个美丽女子的传说。

2 古日班赛罕：古日班，蒙古语，意为三个；赛罕，蒙古语，意为美丽、美
　好。指以传说中三个美丽女子命名的三重山。

用光线宇宙的景观

描绘西方古老城堡

描绘一群群牛羊

悬崖下镜子般的清澈湖水是我的最爱

紧贴在巨大红色骆驼那蒙古包般温暖的驼峰之间

我越过无边无际的红色戈壁

只要是人就会歌唱

力量藏在浪涛滚滚的沙海里

在沙漠中野骆驼金黄色的乳汁

流入嘴里好比喝了永生的甘露

出生在这里会成为人上之人

除了戈壁母亲会把一切都献给人类

让来到戈壁的人都变得慈祥

从此有了一颗热爱大地母亲的红心

同时展示童话和现实

只要见到了戈壁人就会忘记死亡

一九八五年

世界之三

三颗石头
　　支撑着钢图拉嘎[1]
我们把圣火
　　这样传承至今
在严冬的
　　三九寒天中
我们赶驼队
　　考验自己的能耐
千百年经久不衰的
　　男儿三项那达慕
让我们一直保持
　　饱满的精神
在精确英明的
　　"世界之三"的智慧里
我们揭示了宇宙
　　开启了慧眼
我是白发苍苍的父亲
　　三个儿子中的一个
我即使从这个世界上走了
　　还有三个孩子

乞丐和君王两者
　　与我无关
在耻辱和奇迹两者的

1　图拉嘎：蒙古语，火撑子。位于蒙古包的中心位置。

博弈中

在天神和死神两者之间

　　我作为人出生在世

在出生和死亡两者之间

　　我为了生活来到世界

在父亲和母亲两人中间

　　我是黄金的纽带

我是连接恩爱的

　　无限回纹

在我右手和左手之间

　　心脏在跳跃

让我用直觉认识了

　　温柔和严酷的两个世界

在我右耳和左耳之间

　　大脑在思考

让我认识了

　　正确和错误两种道理

火热和冰冷两者结合

　　调和成了温暖

黑色和白色混合

　　调和成了灰色

这个世界从来就是

　　由三而生

无论到哪里

　　这个原理不变

从离别和相逢两者

　　萌生了思念

从删减和增加两者

产生了矛盾
因为你、我、他三者
　　组成了人类
因为你们、我们、他们
　　有共同的命运
我们无法把满世界的他们
　　忘得一干二净
空气、水、土地三者
　　如果遭遇灾难
可以用音乐、诗歌和舞蹈
　　来抵抗和反击
在身体、语言和思想
　　还没有疲倦的时候
在笔、墨和纸三者
　　还没有毁损之前
在创造与毁灭两者之间
　　我们平衡生存
我们界定
　　真和假的界限
超越流逝的时间
　　奋斗不止
在由三而生的世界上
　　我们只求真理

一九八七年

呈·其米德道尔吉

（一九五五年至今）

出生于蒙古国中戈壁省德仁苏木。从二十世纪七十年代开始文学创作，出版过《北斗七星》等诗集。一九八九年和一九九九年分别获得蒙古国"水晶杯"诗歌比赛冠军，并获得蒙古国作家协会奖。

牧　民

在太阳招福的大地上惦记着几头牲畜
在中秋十五的夜晚仔细观察天象，
在任何时代都没有失去牧民的本分
无论历史如何变化，在祖先留下的土地上做主

缆绳拉紧的天窗上系着被烟熏黄的哈达
扇形毡褥上常备象征幸运的四颗羊拐子
骑马飞奔过去遇到不锁门的家是牧民的
世界上唯一不上锁的心是牧民的

母驼嫌弃初生的驼羔时唱着劝奶歌跟着流泪
久不下雨的时候祭祀敖包向上苍求雨
当这个世界委屈自己的时候拉着马头琴安慰自己
自己跟自己对话最终解开世界的心结

与其手上戴戒指耳朵戴耳环打扮自己
更喜欢用纯银来装饰飞快的骏马
把追求名誉和地位
看作是比雪灾还可怕的耻辱

骏马的长鬃上传承了民众的智慧
金框的图画中骏马长啸
在鞣皮拧马绊的时候也把自己的思想鞣熟
虽然忘了在学校教过的课文却忘不了祖先的箴言
跟在牛羊屁股后面年复一年却从不自卑
接到奖品和喜讯也从不喜形于色

根本不可能的事情也觉得可行

把帽子摘下来喝了蒸馏酒微醺的时候

就失口说出我们用不着

马克思主义理论教我们怎样放牧

从给父亲捉来随身骑乘的马开始学会帮忙

从母亲怀里来到世界就学会了游牧生活的智慧

选好吉日在草场上约会

在绸缎哈达般晴朗的天空下骑马走到一起

见到父母的故乡心中喜悦无比

说着我们有缘能够终成眷属来感动自己

松开颈贴颈亲近的两匹骏马的缰绳

在马鞍上紧紧拥抱的不懈的爱

用故乡的石头玩过家家长大的我们

用故乡的石头支起图拉嘎升起了生活的火焰

为福气满满的五畜日夜操心

为蒙古包里的孩子日夜操劳

如果大家都迁到大城市生活

谁能守住祖先留下的圣火？

祖先留下的石人

矗立在草场上

我抛下他们能去哪里？

去城里干什么？

这就是牧民，还经常说

长鬃飘扬的骏马还没有卸下马鞍

圣主成吉思汗的圣火还在熊熊燃烧

枕着山峦放着牛羊住在毡房里

闻着阿日嘎勒¹的烟味安度一生吧！

逆着暴风雪陪群山一起挨冻受冷
逆着时代的暴风雪陪家国同甘共苦
只想骑着风一样快的骏马顺着太阳的方向
在盛大的那达慕上迎来羡慕的目光
我的父亲是牧民，我的母亲是牧民
而我又是出生在哪里的谁的谁呀？

把享誉世界的《蒙古秘史》的骏马
从马群中赶来在黑苏力德下备上马鞍
在盛大的那达慕上跟着太阳顺时针转圈
让飞奔如箭的骏马在赛马中夺冠的
把福气满满的牛羊看作是供奉的神
从不知道自己伟大的伟大人民
虽然印着公章的文件夹在乌尼²上被忘记了
却把用哈达包裹的打马印请到尊贵的位置
回响的悬崖上也刻着他们古老的历史
那就是只比石器时代年轻几岁的牧民！

一九八九年

1　阿日嘎勒：蒙古语，指干牛粪，烧火用。
2　乌尼：蒙古包毡壁的支架。

沙·古日巴咱尔
（一九五五年至今）

出生于蒙古国东戈壁省。一九七三年毕业于乌兰巴托学院。二十世纪七十年代开始文学创作，出版了《团团圆圆的那达慕》等诗集、《醒着的梦》《深夜黑影》等剧本。一九九三年获得蒙古国作家协会奖。

团团圆圆的那达慕

一个比一个漂亮的三个苏木的姑娘们
好像有约定清一色穿着蓝缎袍子来了
一匹比一匹兴奋的三个苏木的骏马
好像有默契整整齐齐修剪了长鬃来了

两顶巨大的蓝色帐篷鼓风抖响
好像蓝色的鸟在风中飘飘欲飞
能够把对手摔跤服上的团花扯成椭圆的
晋升九级的摔跤手们在那达慕赛圈中角力

纯洁可爱的阿拉坦西热的策日玛姑娘
身穿倭缎袍子拴住了无数双眼睛
骑乘的白马颠跑起来甩动着拖地的长尾
好像向后抛着银镯留下一排排蹄印

盛大的草原那达慕热闹非凡持续了三天
人声鼎沸的草原上留下了圆圆的巨大图案
在骏马和欢笑从四面八方云集的地方
我终于明白了蒙古土地上印满的蹄花

达·图日巴特
（一九五五年至今）

出生于蒙古国中戈壁省赛罕敖包苏木。一九八四年毕业于蒙古国立大学。曾经担任过蒙古作家协会出版处处长，主持出版过大量蒙古作家诗人的作品集，并策划出版了当今蒙古国现代文学最有影响的大型丛书"蒙古文学精粹一百零八卷"。从二十世纪七十年代开始文学创作，出版了《红色翅膀》《梦想的定语》等诗集、《天之恩赐》等十二卷本长篇小说。一九九一年获得蒙古国作家协会奖。

献给母亲的诗

把一个生命

一分为二

用哈达包裹的剪刀

剪断带血的脐带时

母亲变成乳汁

开始流向了我

我成了母亲的儿子

开始向太阳生长

而

一把拽住我伸向火的手

烫了自己的手

一步抢先于我踩向深坑的脚

踩了一脚泥

永远和我

同时同生的

为人之母的母亲

却经历了要护着我的痛苦

当黑夜降临时护着我

把我变作黑额小灰兔藏着[1]

当我发烧时

把我的体热吸收到自己身上

把摇篮里的我当作自己的生命

母亲却忘了自己！

当乳汁的江河突然干涸

1　蒙古人的民俗，夜晚在婴儿额头抹上一道黑灰，以保护儿童不被惊吓。

母亲这座大山倒在我的怀里

我第一次见到了什么叫死亡!

我把母亲藏在内心深处

直到自己也有了在怀里嬉戏的孩儿

我遇到过命运的转折

当老鹰黑影向我们飞来

我护着孩子

把他贴在左脸上

担心狐狸在梦中欺骗我的孩子

我就把他藏在心口

牵着太阳养育我的孩子

点着煨桑养育我的男子汉

只要骏马不知疲倦

我就让他成为内心不知疲倦的人

只要他不被人绊倒

我就让他成为不会被石头绊住脚的男子汉

虽然不能

把死亡欺骗到底

但是直到孩子长大成人

我能对付死亡!

高·门德 – 奥尤

（一九五二年至今）

蒙古国著名诗人、作家、社会活动家，出生于蒙古国达里刚嘎。从十三岁开始写诗，著有《游牧人从天边走来》《一片白雾》等诗集、《诺彦呼图克图丹津拉布杰》等长篇小说、《精神的草原》等随笔，出版了五十多部著作。二〇一五年获得蒙古国"成吉思汗"勋章。

四片红叶

一

湿漉漉的深山落叶松虽然冰凉
但是你我面前的叶子却红似火
像分叉相交消失的条条道路
红叶叶脉记录了我们的欢乐。

二

白茫茫的浓雾像舞台上的帷幕
茂密的树林像锯下来的木屑堆满
希望之树都有绿色的枝叶
冷酷无情的天抛洒眼泪却是红叶。

三

最后一场秋雨中红叶沙沙作响
落叶后的树林在昏暗中格外寂寞
在有情人为幸福饱尝苦难的世界
你和我却用痛苦换走了幸福。

四

晚秋的冷雨眼睁睁地结冰
人生的山坡上开始飘起了雪花

画出来的心一样的一片红叶
已经被纷飞的大雪掩埋。

一九九五年

草原与大海

湛蓝大海的神秘浪涛犹如诗行
天上飘浮的白云犹如信笺
大海和蓝天相接之处自有诗歌
愚溪[1]的灵感轻舟在那里荡漾。

碧绿草原的神秘雾霭犹如诗行
天上飘浮的白云犹如信笺
草原和蓝天相接之处自有诗歌
我的灵感骏马在那里奔驰。

大海是你的草原，草原是我的大海
你我的世界只有同一片蓝天
蔚蓝的宇宙中有你的诗歌有我的诗歌
诗歌的世界里有你的大海有我的草原。

你的骏马奔驰在我的草原上
我的金鱼游戏在你的大海里
我们同在阳光下纺织金色的梦
我们同在月光下寻找五色宝石。

当你来到我辽阔的草原
草原变成大海拥抱你
当我去你美丽的宝岛做客
大海变成草原接纳我。

1　愚溪：台湾诗人。

踏上星星可以遨游天空
桐树上的蟋蟀在诗歌里鸣叫
月兔在草原上撒欢儿我不惊奇
没有风帆如何赤脚横渡大海？

我们可以在诗歌里快活一千年
我们可以在诗歌里让时光倒流一千年
大海的浪涛和草原的雾霭有朝一日会相见
在愚溪的宇宙里我怎样才能像一匹骏马自由驰骋？

暴风雪像白色骏马飞舞

暴风雪像白色骏马飞舞
时代像暴风雪席卷一切
白雪皑皑的草原上凝霜的万马在奔腾
灰蒙蒙的天空沉默无语

没有来得及深思熟虑已过四十岁
流逝的岁月已经越过群山飞走了
柴达木草原上凝霜的老鹰在盘旋
马兰不能常青的时间规律如此严酷

喝奶茶的工夫雪花从天窗飞落
照耀着历史图拉嘎的火向上燃烧
达里刚嘎的草原上暴风雪依旧
在温暖的家中我喝着滚烫的热茶

图拉嘎的圣火冲天熊熊燃烧
好比苦苦寻找百年的人的热量
命运的安排,时代的考验
等待外面的天空可否告知一切

牛粪烧的火像夏天里太阳的碎片
我把羊的肩胛骨烤在火上占卜命运
在毡房外面任性肆虐的暴风雪的间隙
我在寻找诗歌的灵感

暴风雪扶着芨芨草节秆停息的瞬间

大地上传来了万马奔腾的隆隆蹄声

在千万匹骏马的蹄下白雪翻滚的草原上

孤零零的一户人家远看像宇宙的中心

饥馑的大暴风雪肆虐呼啸

天长日久我已经习惯了暴风雪中的草原

骑乘的骏马的长鬃像白色苏力德一样燃烧

我也迎着岁月的暴风雪飞速奔驰！

一九九六年

召唤让时间回归的鸟

严寒冬日的厚厚积雪在脚底下慵懒地醒来
马群般的群山在屏障一样的蜃气中若隐若现
春风已经吹来盛夏酸奶的气息

带着微微的醉意走在青草的岚气中是昨天的记忆
在周围人家的盛大宴会上我从来没有醉过
却在蔚蓝春天嫩草的岚气中无意间有了醉意

远去的秋霭中最后一只鸟隐去身影
在流浪诗人的额头上轻轻地画了一只翅膀
晴朗的天空中飞来了去年南飞的鸟群

我把春天的召唤词寄给让时间回归的鸟群
去年的鸟在诗人的额头上画过的翅膀长出羽翼
飞上天在白云间迎着归来的鸟群自由翱翔

一九九六年

乌·呼日勒巴特尔
（一九五四年至今）

蒙古国著名诗人和文学评论家。毕业于匈牙利国际新闻学院，并以研究蒙古国著名作家达·纳木达格的论文获得博士学位。曾经担任过《乌兰巴托》报和《火星》杂志主编、蒙古国作家协会文学评论和研究中心主任。近来致力于蒙古语俳句的写作。

鸳鸯之卵

一

虚空的蜃气中
城池若隐若现
男孩寻找自己的家

二

鸳鸯之卵
在月桂树下
蜃气飘飘欲飞

三

海市蜃楼中的画室
飘落在大地的梦里
城市的灵魂苏醒

四

在困倦的海市蜃楼中
纽约的双塔
今天也记忆犹新

五

宛若在魔幻世界
大戈壁的蜃气中
众神在赛跑

六

瘸腿的黑老头
迎着白玉经书似的蜃气
一目十行地默读

七

土蜂都飞不起来的
无形的蜃气
吸吮蓝天

八

像盛满铜壶的
温热奶茶似的蜃气
比天堂还遥远

九

原生态自然的
古老的海市蜃楼
今在何处？

无言的爱

想说却说不出口
那就是迟到的爱
我爱上别人的你
我心中的女神啊

越了解越疏远的世界啊
越迟到越无奈的爱啊

想给但却不能给
那就是无言的爱
把你当作是我的
我唱给神的歌啊

越了解越疏远的世界啊
越迟到越无奈的爱啊

想要但却得不到
那就是迟到的爱
安慰我的眼泪啊
你美丽的双眼啊

越了解越疏远的世界啊
越迟到越无奈的爱啊

想忘却无法否定
那就是前世因缘

现实中童话重演
我美丽的女神啊

越了解越疏远的世界啊
越迟到越无奈的爱啊

奥·达西巴拉巴尔
（一九五五年至一九九九年）

　　蒙古国著名诗人、社会活动家。出生于蒙古国苏赫巴托省。一九八四年毕业于高尔基文学院。曾任过报纸记者、蒙古国革命党主席、国会议员等。一九八八年获得蒙古人民共和国作家协会奖，一九九八年获得国家奖。著有《星辰的旋律》《闪光的爱》《梦中的银色小鸟》《佛眼》《时代悲伤与空间之形》等诗集。奥·达西巴拉巴尔是蒙古国英年早逝的天才诗人，他的诗具有一种特殊的东方之美的意境和风格。

趁我们还活着，彼此珍惜吧人们

趁我们还活着，彼此珍惜吧人们
不要把一切美好舍不得给别人！
不要用不必要的语言之箭射伤我的心！
不要把其中的一个人推下黑暗的陷阱！

不要耻笑酗酒如命的人是酒鬼，
哎呀，说不准他就是你的父亲！
如果你把握时机，先得到了名誉和地位
请把幸福的门打开让别人也进来！
也叫他们不要忘记你的好！

如果遇到需要安慰的人，哪怕是一句话
请你把那句话说给他听，
外面阳光明媚、屋里却阴冷这样的日子
在你一生中会遇到不止一次。

女孩儿，不要用狠心的话
伤害爱上你的好小伙儿，
请你爱他，就因为他爱你
其实他完全可以去爱比你更好的姑娘。

我们的生活其实一模一样，
在我们的喉咙里哽咽的语言是一样的
在我们的脸颊上流淌的眼泪是一样的
在我们人生路上经历的遭遇是一样的。

如果遇到女人默默流泪，不要问原因请帮她轻轻擦拭，

如果遇到孩子跌倒，把他举起来请夸他勇敢不哭！

虽然今天可能你在笑，他在哭

但是会有那么一天你在哭，他在唱！

每一个人都会经历摇篮和棺柩，

其他的都没有用，只请彼此互相珍惜！

在这无限的宇宙中只有爱是人类万万不可缺少！

我把幸福理解为心灵之火，

金色的太阳普照着我们每一个人，

我活着，就是为了把爱献给别人

我幸福，就是因为接受了别人给我的爱！

趁我们还活着，彼此珍惜吧人们

不要把一切美好舍不得给别人！

我是草原上的苍狼

我是草原上的苍狼，

我抻得像皮条，

我红得像柳条，

我用强劲有力的四条腿

越过荒无人烟的原野，

我让追赶的骏马四蹄劳顿不已，

我让神箭手猎人越发兴奋，

我把凶猛的猎狗一个个甩在身后，

在每一个瞬间都与死亡擦肩而过，

我就是草原上的苍狼！

靠骏马的铁蹄搜遍漩涡一样的大山谷，

快枪手猎人追杀我，仇恨之火在他们心中燃烧，

为了剥下我的皮毛，智慧的人类

一刻不停地追讨我这只禽兽！

大自然创造了我，塑造了我的形象，

让我靠自身的力量在世界上生存！

人类却仇恨我，无论走到哪里

都企图趁机追杀我，一点都不怜悯我！

每一天我都和死亡擦肩而过，维持生命！

有时候我跑了一天还空腹扁扁，

在月亮下面碎步小跑只有影子做伴，

筋疲力尽，连四条腿交错都乏力！

辽阔的草原无边无际，

天地间只有孤独的我碎步颠跑，

斗争何为？胜利的幸福，失败的痛苦，

其实流浪的苍狼我也深刻明白这个道理。

我做一只狼诞生在这个世界上

仇恨的种子却播撒在所有人的心中，

冬天的夜晚在雪地上我对着苍白的瘦月亮，

饥饿痛苦难耐长啸时群山都颤抖不止，

靠自身力量生存的荒野上的苍狼，

和无限向往自由的诗人何其相似！

我因为天生的野性，

曾经咬断被铁夹夹住的腿而逃命！

活受地狱之苦的我

把咬断的一条腿丢弃在那条山沟里！

在白雪上滴着鲜红的血

我用三条腿最终逃出一条命！

猎人和猎狗在我背后紧追不舍，

在寒风中驱车一路追杀！

最后的一瞬间我差点儿反扑过去，

这次阎王爷却饶了我的命，

让他们开车翻到山沟里！

我是草原上的苍狼！

寒风吹透我的全身，

为了寻觅食物

失去了一条腿！

我是自食其力的草原上的野兽，

却被他们扣上了野蛮的帽子，

听着真是离谱得无理！

不知道感恩的人们

实际上比我还野蛮百倍！

被人当作眼中钉

艰难地活着有多痛苦，

只有真正的诗人

才和苍狼一样心知肚明！

如果不能好好活着，

就要好好去死的天性，

除赋予了月亮下的诗人，

也只赋予了苍狼！

我是狼！

像人类一样思考，

爱护自己，也反感自己

又像诗人一样孤独无比！

谁也不怜悯我！

想趁早把我从世界上除掉！

苍狼我虽然没有错误却成了罪人，

但是我有权享受苍天给我的生命！

我在草原上逆着寒风逆着死亡，

长啸，让群山颤抖不止！长啸，一直到死！

拉·蒙克图日
（一九五七年至今）

蒙古国诗人、新闻工作者、语文学博士，出生于蒙古国阿尔泰省呼和莫里图苏木。一九七八年毕业于蒙古师范学院，一九九七年毕业于蒙古国立师范大学。自一九八〇年出版第一部著作以来，至今已经出版了五十多部著作。二〇〇七年获得蒙古国作家协会奖。作品被译成汉、俄、英等多种语言。

蒙古山岭

骑马的人远远走来，
爬上了蒙古山岭，
雾霭笼罩在山顶，
单衣不经寒风。

敖包矗立山顶，
蒙古山岭背阳，
山顶是大风口，
星星洒满山顶。

骑马的人下马停歇，
蒙古山岭动弹了一下，
山岭的背面陡峭无比，
倾斜的路叫人胆战。

仿佛从天上俯瞰，
远处有牧户和牛羊，
阿尔泰的山岭太陡，
阿尔泰的孩子耿直。

骑马跑下陡峭的山，
两侧山岩相伴飞跑，
翻山越岭要有依靠，
前人留下足迹不灭。

迎接思念故乡的人，

动弹脊背以示敬重，

蒙古阿尔泰的山岭

是骑马民族的山岭。

几只可爱的小鸟

几只可爱的小鸟

好像串在一起叽叽喳喳

又像上天的项链

一串一串飞上飞下

小鸟扇动空气的羽翼

虽然没有手心大

却在宁静的天上飞翔

惹人嫉妒惹人爱

冉冉升起的太阳光芒万丈

穿过雾霭照亮了天空

我把内心的紊乱融入那色彩中

流放到月宫　真好啊

岁月流逝　对你的爱却不变

温暖的阳光爱抚着我们的心

我一阵一阵试着扇动

穿越光明世界的翅膀……

而带着我飞翔的翅膀

好像只长在我的心中

不管在哪里叹息一声

好像心中就能长出翅膀……

几只可爱的小鸟

好像串在一起唧唧喳喳

又像上天的项链

一串一串飞上飞下

道·苏米娅
（一九五七年至今）

蒙古国女诗人，出生于蒙古国扎布汗省乌日古木勒苏木。毕业于蒙古国立大学，文学博士，文学研究教授。现任蒙古国科学院语言文学研究所藏学研究中心主任，主要从事蒙古佛教文学的研究，出版过《绿度母研究》《诗镜论》等二十多部学术著作。从一九八〇年开始文学创作，出版过《母鹿》《山水之梦》《萨尔图勒的斑斓群山》等九部诗集。

和故乡共命运的父亲

草原上的三座乌兰山
散开去，聚过来，迎接了我
装上一袋烟，我的父亲
好像认出了我，好像在微笑

大地的镶边我的弘贵河
节制了一下，激动了一下，迎接了我
穿着褪色的旧袍，我的父亲
好像在门口，好像在家里，等我

草原上的漫长小路
一会儿是驼队，一会儿是行人，迎接了我
骑着修长的白马，我的父亲
好像隔年一次，好像隔月一次，来看我

迁徙的候鸟一群又一群
转了一圈湖泊，转了一圈沼泽，飞走了
见到故乡的几位老者
掩着面，把脸埋在他们的衣襟里，我哭了

一九九一年

泉水中荡漾的月亮

"家里的宝贝是可爱的宝乐日玛"
故乡的人们唱起来让我难为情

到底是谁有福气把你娶回家?
小伙子们直盯着我的眼睛问

月亮在泉水中荡漾的宁静夜晚
抑制不住突突直跳的心约了他

他答应我从水中捞出月亮给我喝
我们笑了很久度过了美好的时光

谁知月亮从他手心里的水中滑落
仍然在泉水中荡漾泪汪汪的月亮

可怜的他未能兑现所说的诺言
最终被人搀着我做了别人的新娘

生　命

四个四张貂皮
刚够一顶帽子
四个四条生命
护着一颗头颅

五个五张皮子
拼成一件袍子
五个五条生命
裹着一个身体

九个九条生命
遮挡九九寒风
人类丢了毛发
枪杀生命取暖

宾·恩克图雅
（一九六二年至二〇一七年）

蒙古国著名女诗人，出生于乌兰巴托市。一九八三年毕业于蒙古国立大学，曾在蒙古《文学艺术报》、蒙古国家广播电视台工作，担任过《蒙古丽人》等报刊主编。出版过《绵绵细雨》《时间之雨》《月宫里的白兔》《乌兰巴托的仲夏》等诗集并获得蒙古国作家协会奖。

冬天的爱情

雪在飘，你轻轻地说
时间紧迫，夜幕笼罩
好像要融入
你忧郁、水灵灵的黑眼睛里
光线黯淡下来。
挂着粉红色窗帘的
窗口的灯光
窥视着
讲爱情故事的你的脸。
走着走着
在纷飞的雪花中走着
在慢慢远去的你的身后
我们楼里每一个有灯光的窗户
都藏着伤心看着你离去
雪花一直在飘落……

一九八二年

遥远朦胧的星光

当所有的一切失去意义的时候

当你爱抚着我悄悄说过的话

当你无声的含情脉脉的眼神

从我的心中被擦去的时候

在你的怀里

　　　我怀着害羞和喜悦幸福入睡的夜晚以后

你在紧张时紧紧抓住我的手腕

虽然谁都尴尬却无比幸福

再也不会重复的美好时刻

在记忆中逐渐模糊的时候……

当所有的一切失去意义的时候

彼此之间

　　　变成开走的火车

你我承载着悔恨留下来的时候

当所有的一切失去意义的时候

把坚信爱情永远不会凋谢

和大人们争论不休的岁月

当作最幸福的时刻

从记忆中唤醒并摇头的时候……

当所有的一切失去意义的时候

一切从头开始的想法

像遥远朦胧的星光照耀心灵

安慰疲惫的我做个安然的梦

一九八三年

宾·岑德道

（一九六二年至今）

出生于蒙古国扎布汗省。一九八五年毕业于蒙古国立大学编辑专业。曾经担任过蒙古国《真理报》等报纸的编辑和蒙古国国家广播电视领导小组成员等。出版过《生命温热》等诗集。

走失的骏马

迎着走失的骏马　故乡在奔跑

一会儿倾听，一会儿瞭望

群山在天边奔跑

越跑越远

最终故乡也走失

不知何处

骏马与故乡擦肩而过

天　涯

草原是掀翻的天空，无边无际
蓝天是倒扣的草原，高高在上
天涯在前方，越走越远
天涯在身后，紧追不舍

在成吉思汗的草原

在静静沉默的
成吉思汗的草原,
在小小的叶子上
落了一只小小的虫子。
叶子和虫子
枯败也微不足道
繁殖也微不足道。
秋天的老太阳
照耀着叶子照耀着虫子,
就像照耀着成吉思汗……

思 考

我在思考
我一思考思想就挤满了屋子
把我挤得站也不是坐也不是

我思考着
所有存在和
所有虚无
就把自己消解了

思考着，思考着
我的手脚和躯体就变成了思想
思考着，思考着
我只剩下了大脑
我的生命完全融入到思想中
变成奇怪的想法，在屋里爬来爬去，通宵达旦

云

云在天上飘
看上去高贵且安详
只是
那是从地面看到的景象
实际上
云被肆虐的风任意蹂躏
云在哭泣
接着变成雨落在地上
这世界上怨恨何其多啊
即使落在美丽的花朵上
也忘不了受过苦难的蓝天
带着枝叶向上生长　云啊云!

我爱你

我不会对你说"我爱你！"
我不会为你去死
若说忠诚的爱情
语言也微不足道
如果为了你
死也微不足道
我把
唯一的命运
交给唯一的你
然后
举着我的爱
托起天空牵着太阳
为你好好活着

晚秋的雨

晚秋的雨
是雨，却难以置信它是雨
虽然有水晶的品质和雨水的纯洁
想来想去除了寂寞想不到其他
晚秋的雨
像迟到的爱情
哭泣了一夜
最后还叫来了雪

胡·苏格勒玛

（一九七〇年至今）

　　蒙古国女诗人，出生于蒙古国南戈壁省汗宝格多苏木。一九九九年和二〇〇四年毕业于蒙古国立大学，分别获得硕士、博士学位。从一九八〇年开始文学创作，出版过《无法忘却的二十岁》《偏远地方的诗》《在岁月的身边》等诗集和《蒙古文学中的对话题文学体裁》《喀尔喀蒙古的聪慧诗人桑达克》《奥其尔巴特的达西巴拉巴尔》等学术著作。二〇一一年获得达·纳楚克道尔基奖。

迁　徙

宇宙在径直地迁徙
星星一闪一闪，唱着关于月亮的歌
鸟群朝着从未去过的太阳的方向飞
近在身边的一切都争前恐后地远离
宇宙在径直地迁徙

群山不会原地不动等待千年
河水不会在一条河床里流淌千年
没有原地不动永远闪烁的星星
讲完童话的瞬间星星就会挪动位置
没有所谓的死亡
那只不过是换一种形式存在而已
实际上也没有罪孽
那只是为了净化内心而已

没有永远的痛苦，也没有永远的幸福
那只是别人的心而已
没有白天，也没有黑夜
那只是为了更替黑白
我有父亲和母亲
现在没有了，他们迁徙走了
给我唱摇篮曲催我入睡的母亲
现在没有了，迁徙走了
邻家有过云登哥哥
现在不见了，迁徙走了
去镇压吓唬孩子们的

蟒古思恶魔去了

到来的一切自有回去的理由
他们创作了关于高贵致远的歌
回去的一切也有到来的原因
飘洒的时候雪花就憧憬着融化

鄂嫩河和克鲁伦河在流淌
那是宇宙在迁徙
从身边流向远方
那是宇宙在存在

云在飘移
那不是云，是天在移动
看得见的一切都在迁徙
那是看不见的一切在迁徙
花草在枯萎
那是苍老的土地在迁徙
冬去夏来
那是色彩更替宇宙在径直地迁徙

宇宙在径直地迁徙
星星一闪一闪，唱着关于月亮的歌
鸟群朝着从未去过的太阳的方向飞
近在身边的一切都争前恐后地远离
宇宙在径直地迁徙

二〇〇三年

故乡的石头

我因被绊倒而任性哭泣
石头因为绊倒我而自责
我在黄昏中痛苦地徘徊
绊倒我的石头把我扶起

绊倒时仿佛被妈妈谴责
走出远远的却回望留恋
才知道熟悉我倔强脾气
毽子一样的故乡的石头
都是一只只眼睛在看我

忧 伤

像野草上
降霜
心生忧伤
几只灰雀
在蒙古包下面躲风
像在山中鹿鸣
忧伤消失
像有人投掷石头
鸟儿飞走

那个女人

那个女人
穿着红衣
有红红的嘴唇
有深藏忧愁的眼睛
有哭完就舒心的怪脾气

那个女人
戴着黑色墨镜
有黑黑的睫毛
虽然四目对视时让人惊讶
却有格外傲慢的倔强脾气

那个女人
说话像烈酒
喜欢听百听不厌的悲歌
更喜欢跟着悲歌低吟
像一只有翅膀却不飞的鸟
骨子里深深埋藏着高贵

那个女人……

生活是海啸

生活是

冲我而来的

海啸

不幸的我

被海浪冲上岸

无人小船

绝境求生

请不要留恋我

我怕内心深处的

海鸥之巢被冲散

天上的蓝色马群

那年秋天每天都阴雨绵绵
特丽蒙姐姐的秋营地好像在天边
我耐不住性急，从浓雾中寻找太阳
奶奶给我讲"天上蓝色马群"的故事。

寂寞的秋雨冲刷着我过家家的石头
蹚河而来的德力木哥哥也不见了踪影
心灵手巧的特丽蒙姐姐绣完褡裢儿
却不见剪掉线头，叫我心里直牵挂。

帮美丽的姐姐搬运雨后晒干的牛粪
看见姐姐的蓝色头巾让我羡慕不已
原来德力木哥哥已把心结在头巾上
骑着天上的蓝色骏马天天来，那个秋天。

海·齐拉扎布

（一九六七年至今）

蒙古国诗人，出生于戈壁－阿尔泰省德力格尔苏木。曾任蒙古国国家图书馆馆长和蒙古国作家协会主席。二〇一四年获得蒙古国"文化功勋"奖章。

我爱我的父亲

父亲喜欢秋雨绵绵的日子，
喜爱驮着他的年纪南飞的候鸟，
父亲爱我，他老了可世界还有我，
我爱日渐离我远去的父亲。

金色的太阳越走越远，
刚刚还碧绿的草叶已经枯黄，
远方的路像父亲的目光变得模糊
啊，秋天是否在向我催讨什么？

只一个秋天，像我一样年轻过的父亲
被平凡日子的轮回消损衰老了，
围着父亲来来往往的金色秋天
在他的额头刻上一道道皱纹走了。

每年把自己的年纪送给南飞的候鸟，
笔挺的腰板在秋风中一年比一年弯，
仿佛一棵不能再挺立的老榆树，
被大地吸引父亲变驼了。

离开这个世界日子是否还长？抑或时日不多？
水鸟下次飞回来还能不能见到？或者不在了？
想到不祥的事情我脸颊刺痛，
泪眼已经望不到南飞的候鸟……

一九九〇年

春 天

雾霭笼罩的阿尔泰故乡
又到了牲畜花眼的春天
蔚蓝屏障的阿尔泰故乡
又到了叫人花眼的春天

远方群山有风劲吹肆虐
无奈的原野上白草摇曳
母羊领着仔畜叫声羸弱
又到干旱的灰蒙蒙春天

亲爱的父亲健在的时候
春天曾经是多么的绚烂
幼畜的咩叫回响在心中
洁白的毡房在远处显眼
欣欣向上的春天美如画
叫我归心似箭只等春天

雾霭笼罩的阿尔泰故乡
又到了牲畜花眼的春天
回到了家乡却不见父亲
逢人便说怀念我的父亲

二〇〇二年

父　母

亲爱的父亲已经化作杭爱汗的山峦
化作走马颠跑一样潺潺流淌的河水
化作我一生唱不完的心灵的歌谣
除了想你叹息声声我已经没有选择

慈祥的母亲已经化作故乡的景色
化作可爱的花朵花瓣灿烂
我用一颗忠诚的心感受花的美丽
除了和其他人一样生活我没有选择

我已经不再悲伤你们把孩儿留在这世界
却不知道你们自己去了哪里？
偶尔我会悄悄地哭一场
除了尽情歌唱我没有选择

乳　汁

我表达爱的语言

是乳汁

请你畅饮

把它储藏在胸口

再给我的女儿

我喜欢吻你

真想吻个不停

你也像我一样吻女儿吧

亲爱的

我的爱

像春天的河流一样

朝着你流淌

母亲当年无私给我的一切

通过你我再转给可爱的女儿

二〇〇四年

幸福和忧伤的颜色

请你仔细看看雨天灰蒙蒙的天空

很像嫌弃驼羔的母驼，是吧？

请你仔细看看嫌弃驼羔的母驼的眼睛

忧郁得像雨天灰蒙蒙的天空，是吧？

请你看看太阳普照的晴朗的天空

很像迈着匀称大步走过来的母驼在嚎叫，是吧？

请你看看迈着匀称大步走过来的母驼在嚎叫

是否和晴朗的天空一样，是吧？

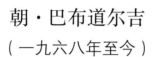

朝·巴布道尔吉
（一九六八年至今）

　　出生于蒙古国扎布汗省乌里雅苏台苏木。从一九九〇年代开始文学创作，著有《风过百色花降落》等诗集。一九九九年获得蒙古国作家协会奖。

一头大白象

一头大白象
从世界上走过去了
它把强大海洋的
平静的品质带走了
它把广阔大地的
沉静的心态提走了
它把叶子上的露水
抖落下来带走了
它打搅完太阳神回去了
它把血液中闪烁的
金色的天使收走了
它叫醒了白雪下面
沉睡的群山走了
它让护法神的眼睛
静静地闭上　走了
它让东西方变凶猛后回去了
一头大白象
从世界上走过去了
一头大白象……

心　愿

据说黄灿灿的女儿草

是由女孩子变成的

每当月亮升起

就会勾起她们的美好往事

她们红红的嘴唇

早已变成露水

却经不住金色太阳一吻

就消失得无影无踪

曾经是人类的时候也是如此吧

多情的姑娘们

没有改变初心

真让人肃然起敬

我也早就已经

把笔和纸献给上苍

希望它们变成自由的风

吹拂女儿草摇曳不止

无常之诗

敖包上骏马的头骨发亮

白白的马头骨发亮

好像世界上什么也没有发生过……

好像获得了永恒的安乐

好像曾经不是一匹骏马

马头骨白得发亮

留下了头骨的

上天的这个生灵

这个忘了嘶鸣的

神性的动物

只是用高贵的头骨

记录下自己曾经是一匹骏马……

哎呀……

春天的蜃气开始萌动飘曳

却不见它嘶鸣奔腾的心

不见它一刻也不能停止的

热烈跳动的心脏

这世界

让它一切皆空

就像把我扔下

一切皆空……

在我的命运中描述的

梦想

终究会变成这样

盛着我美好爱情的

小小的心脏

也会这样弃我而去

我恋过和爱过的一切都会消失

我唱过和哭过的一切也会消失

为了让我忘却我曾经是人

变褐色的草浪滚滚的草原上

连草尖都

频频飘曳呼啸

可悲啊……

敖包上马头骨发白

山顶上孤月发白……

眼睁睁地看着

眼睁睁地看着
不可思议的透明人
从你身边站起来离开了
我不知道他去哪里
却凭着直觉
知道他永远不会再回来

眼睁睁地看着
不可思议的发光的神
从你身体里飘上去了
我不知道他原来在何处
可想到你是多好的人
突然可怜你

眼睁睁地看着
不可思议的水晶鱼
从你的眼里滑落在地
我突然意识到
熟悉的你身上不可思议的发光
原来是因为它在施魔法

眼睁睁地看着
不可思议的金色花纹

从你手掌上脱落了

世界的风

瞬间一纵身就擦掉了

眼睁睁地看着……

贡·阿尤日扎那
（一九七〇年至今）

出生于蒙古国巴彦洪古尔省。一九九四年毕业于莫斯科高尔基文学院，二〇〇七年毕业于爱荷华大学国际写作班。主要代表作有《时光停息的瞬间》《哲学诗》《Non Plus Ultra》《给窥探我内心的她》等诗集和《萨满传说》《白黑红》等长篇小说，并把威廉·福克纳、博尔赫斯、萨特的小说翻译成蒙古语出版。获得蒙古国作家协会奖。

把握生活

所有在天空中飞翔的鸟变成彩虹之前
在我失去记忆之前
从宇宙外来的流星的消息被淡忘之前
在灵魂之门开启之前

飞着飞着落地的叶子被踩踏
化作一朵美丽的白色花盛开之前
你的头发掉在其中之前
唰的一下骤降雨水
再变成云回到天上迷失方向之前
你的脸被晒老之前

梦笼罩大城市
把所有的楼宇涂成粉红色
为了让人感受它的美丽而辐射出一束光之前
与某人四目相视看个够之前
像心脏停止跳动汽车的发动机熄火
在寂静的黑暗中夜猫弓腰之前
吸吮口红一不小心咽下口香糖之前

把握生活……赶紧生活……

夜晚升起的月亮增添亮光变成太阳之前
语言在你的嗓子里变形之前
宣布黎明的星光完全消失之前
在你苍老的心冻僵之前

不知何时读过的童话中的神奇英雄们

跨上骏马从你幸福的思念中扬长而去之前

在被孤独俘虏之前

精美的宝石戒指

经不住悲伤从纤瘦的手指上脱落

掉在楼梯上连滚动的声音都来不及听到就已经破碎之前

心中思索这是什么征兆之前

把握生活……赶紧生活……

二〇〇八年

我不喜欢的月份

一月是我最不喜欢的月份。
我为什么不喜欢它？
到了一月份，天变得最冷
直刺到心里。
像生病的记忆稍愈又恶化，
下起最大的雪。
那不是雪，而是沉甸甸的伤痛
连成一片，落个不停。
只有一点安慰我，
一月的星星最亮，
美丽的大雪的星星……
星星的雪，雪的星星的冷……

不，我不喜欢的月份
不是一月。
而是二月……

只有二月是我不喜欢的月份。
为什么我不喜欢它？
二月份还是寒冷，还是有雪，
不三不四，不过偶尔有一个暖日子，
在漫长冬天的结尾那样的暖日子里，
疯狂呓语的风突然刮起像念咒语……
正是这样的二月寒夜
走不到尽头的远方城市的街道上，
我见到了穿粉红色单衣的女子。

（简直像咒语）

让人发疯的那种粉红，那种像缎子一样的布料……

令人惊呆的薄……冬天……

简直像咒语！这个可恶的月份

无论如何我不能说是不喜欢的月份……

三月……

三月是我不喜欢的月份。

我为什么不喜欢它？

街上的行人看起来都很痛苦，

拖着悲伤的长长的大衣，心中充满了怒气。

三月简直让人想自杀，

想从三楼跳下去，

想跳，朝下面看太低，

想登高向天爬去又让人发懒，

于是我换位思考生活，

告别了愚蠢爱情中的一个？

借助把责任推给愚蠢的力量，

爱情被治愈。

而她却痊愈了没有？

不啊不，我不喜欢的月份

不是三月。

是四月……

哦，"四月是最残酷的月份"。

没有色彩，黑——白，这个月

我为什么讨厌它？

实际上不是我的话，而是艾略特的诗行。

（生活中无数次遇到不想说的事情）

正是这样的四月有太阳的早晨

第一次见到的时候穿粉红色单衣的那个漂亮女人

坐着丈夫的车发生了车祸……

她的丈夫遇难……她却安然无恙……

无情无义的残酷世界

却总是崇尚美丽……

没有啊没有，我不喜欢的月份

无论如何绝不是四月……

（真的是艾略特错了）

是五月……

五月是我不喜欢的月份。

像花瓣败落的月季花一样不精致，

像心灵饱受苦难的穷小伙子一样没有精神，

像凌乱无章的过于形式化的诗歌一样缺乏精雕细琢，

这样的五月是什么样的月份啊？

我不喜欢。

你把我送给你的鲜花

捏烂后扔进垃圾桶，

我假装傲慢控制住了自己，

如果不那样做……

是啊，我记得那是五月。

它是我不喜欢的月份吗？

六月……

夏天实际上不是我喜欢的季节。

六月里我们并没有发觉

新的季节正在来临，

也不下一场淅淅沥沥的好雨……

一天比一天热，

身前身后也没有小鸟飞翔……

过于空虚……

杨絮飞舞的这个季节，但是

对杨树来说比春天强多了。

幼树的叶子是那么的绿，

像幼猫的眼睛一样单纯，

那样的明亮……那样的新……

在如此水灵灵的叶子的岚气中

我第一次读了妻子写的诗。

《乌兰巴托》报纸，

非常熟悉的，根本不认识的女孩……

不啊不，我不喜欢的月份

原来不是六月。

七月……

夏天真的不是我喜欢的季节。

仲夏时节只有傻瓜们才会激动吧？

在每一件薄衫下面

都有发青的小腿挑逗你，

在每一个妓女的嘴上

都挂着迷人的微笑。

卖散啤酒的

敞篷的吧台下

袒胸露背的女孩子们

嘴里吐出的香烟

像侮辱一样缥缈，不过

我并不是不喜欢七月。

温暖的天空中

充满了歌声……不管怎样!

八月……

夏天真的不是我喜欢的季节。

夏天一结束好像一切都结束了。

只有秋天来了这唯一的一个欢乐

从那种哀愁中拯救了我,

从八月的秋雨中拯救了我。

我不想向天瞭望,

鸟群在那里纷飞,

让我失去耐心的一切

也好像飞到那里,心里空空……

生活这位先生

有一次正是在八月的

大雨中

让淋透的小小的灰雀

嗖的一声从窗户飞进来

正与我撞个满怀。

我听见了那只像梦兆一样的小小的鸟

小小的心脏跳动的声音……

真的跳得很强烈……

不啊不,我不喜欢的月份

原来不是八月。

九月……

我打心眼儿里不喜欢九月。

到底因为什么我不喜欢它?

九月对我做了什么坏事?

作恶多端，做尽坏事，

在这样的天空下我喝了最多的酒，

喝高了笑得（大笑不止），

喝醉了唱得（唱得很高），

后来哭了，而且哭的时候

想起自己是了不起的男人于是藏起了自己的眼泪……

背着别人把眼泪憋在心中直发苦

眼泪让我清醒过来……

酒醒之后我从一片大而又大的叶子上

看到了自己内心的真实形状。

我内心的真实形状

原来是一只金甲虫……

不啊不，我不喜欢的月份

不是九月。

十月……

十月是我最不喜欢的月份。

为什么我不喜欢它？

最多的叶子在十月死去，

最多的鸟在十月死去，

最多的马在十月死去，

说不定最多的人在十月死去了。

因为没有鸟天空变得更加晴朗，

太阳好像更贪婪地收集每一天带走，

迁徙的云飘得更快了，

整日离心四散夜里再情投意合……

早晨起来一看，

昨天和前天叠在一起，

看见明天夹在中间……

"为死亡做最好准备的人

才会有真正意义上的生活",

只有十月的风才悄悄地告诉我……

哦，神啊！我不喜欢的月份

不是十月啊。

十一月……

十一月是我不喜欢的月份。

为什么我不喜欢它?

不是秋天，太晚——

不是冬天，稍早——

这是什么季节呀?

我是不喜欢十一月。

脱光叶子的树看起来怪怪的，

用俏皮的气息刺痛我的心。

那种气味向着我的心，

不像刀子，

像干草一样窥探我的心，

像衡量我的耐心，

演奏着格外走音的旋律。

听了那个锯着我的心的声音

不懂音乐的人们统统受骗。

可怜啊，就在这个时节来到世界，

好像一开始就是没有意义的事情。

假如没有这样的月份，假如没有在这里出生，

我希望和风做伴自由生活，

我希望窥视漂亮云彩的悲伤，

我希望变成百鸟之王在天上遨游，

我希望变成鱼的神灵游在水中，

不再为不幸的爱情

不能自拔想到自杀，

不再尝到甜蜜的幸福

变得热爱生活。

不再望着星星喜怒哀乐，

不想有儿子、有女儿。

在世界上不再写诗，

不再讨厌人们。

不啊不，我不喜欢的月份

不是十一月。

十二月……

星星下面升起了第十二个月亮！

在世界上这样就是一整年

像烈酒一样洒完了。

再一年，两三年，

十年二十年，三十年，

来不及喘气的六十年……

生活，再见！

雪花从我的头发上起飞，

像冬天的鸟一样纷飞，

飞向美丽寒冷的星星。

得到了永生也不会寂寞，

真是美好无限。

哦，我不喜欢的月份

也不是十二月……

二〇〇八年

留在天上的鸟的足迹

留在天上的鸟的足迹，
刚刚用羽毛的尖端划过的痕迹，
在这面照着安详、寂静的镜子上
无法擦拭掉，
像不灭的记忆，
像第一次拥抱女人时感受到的战栗，
或者连续三天挥之不去的害羞，
就这样留下了
只能说是属于魔法的鸟的足迹。
扑打翅膀的声音像风一样呼啸，
在空中的回音像铃声当当响，
像我童年时代记住了旋律的歌谣，
像扔进水里的石头
激起一圈一圈的涟漪最终消失，
在寂静、澄澈的天空中
无法消失的一件事——
一时只有我们放飞的、用鸽子的羽毛装饰的
薄薄的、可怜的纸鸢的印迹
帮助我们不去死。

二〇〇九年

献给罗·乌力吉特古斯

你像阳光一样烧灼我时我醒了，
可为了免受晃眼在前生我并没有睁开眼睛，
为了看到你在我的手心里筑巢，
来生我要变成一棵树。

虽然没有睁开眼睛，我却看到了
你就这样站在我面前灿烂地微笑。
为了不再忘却，我用永远的怀念
在朦胧岁月的森林中留下了记号。

相遇的瞬间我就认出了你，为了给你
脚下铺上秋叶，来生我要变成一棵树。
请你一定要记住我又回来了！
那将是秋天。

二〇〇九年

巴·嘎拉桑苏和
（一九七二年至今）

　　出生于蒙古国肯特省达达勒苏木。毕业于莫斯科高尔基文学院。曾经长期工作在《人民权力报》等报刊社。是蒙古国后现代派诗人的主要代表，在蒙古国诗坛上独树一帜。著有《为了诗歌维新的百年战争》《说给神听的建议》《人论》等多部后现代派诗集。获得过达·纳楚克道尔基奖。

为了诗歌维新的百年战争

金的秋，银的月，青铜的云。

金的秋、银的月、青铜的云中间

酒徒酒杯在诗人一样的桌子上

像哲学家一样沉思

在自卑一样的夜里听光一样的狗叫声

像手持汽灯的女人在叹息……

金的秋，银的月，青铜的云。

金的秋、银的月、青铜的云中间

像情人一样的酒瓶、像哲学家一样的酒

像诗人一样的酒杯

在月光一样的桌子上像客人一样

像古典画一样……

金的秋，银的月，青铜的云。

金的秋、银的月、青铜的云中间

酒徒酒杯像诗人一样朗诵诗歌摇摇晃晃

美味又丰盛的诗人像桌子一样昏睡

酒瓶像哲学家一样沉思

猫打哈欠的声音中灯笼被摔打熄灭

从青蛙一样的座钟传来闹钟的声音……

金的秋，银的月，青铜的云。

一九九一年

说给神听的建议

像饿着肚子的人在看吃饭的人
像胃液分泌出来咽下喉咙里的唾液
总想着看一眼谁都没有看到的你
总相信瞩目一切的你正在注视着我

不会死亡、不会繁殖的美丽尸体你呀
简直是心从嘴里跳出来扑腾扑腾跳个不停
像被梦兆折磨到天亮
崇拜着某人第一个想到的虚空的形象
不吝几年的时间等待素不相识的无用的神

不会死亡、不会繁殖的美丽尸体你呀

像来不及缓解眼睛的疲劳拼命地工作
像一觉睡死彻底解乏
总渴望着到没有住址的你那里去
总抱着希望你立刻到来把我带到天堂

不会死亡、不会繁殖的美丽尸体你呀

像困难时刻有素不相识的人帮忙
感谢帮助感恩着留下
总向你发火要把所有的爱献给我
威胁着你要把你推进地狱里惩罚

不会死亡、不会繁殖的美丽尸体你呀

在远离温都尔汗的蝴蝶之乡度夏的历史

一　小城

在轰炸机一样的云下面
小城像一把旧雨伞
雨伞打开，像学者或者小偷
扣上最后一颗扣子竖起衣领
满城灯光闪闪。

小城蝴蝶般的无声灯笼。
小城清脆的狗叫声。
小城女孩调情的哭泣。
小城酒鬼沙哑的呐喊。

测量小城温度的瓶子
蓝帽子的警察们像水银
在冰凉的大街上像各色蝴蝶
闲逛。去蝴蝶的故乡的游客
在宾馆读着埃兹拉·庞德的诗。
值班的女人给来送饭的儿子讲起
游人告诉她的蝴蝶之乡的趣事。

宾馆前面小树林的叶子
在强风中像精神病院的
历经苦难的大门响个不停
小城的一切像布告一样微小。

这情形惩罚我们，或者让我们忧郁。

二　在蝴蝶之乡

躲避细细的雨水，蝴蝶
掩蔽在芨芨草的根部，犹如在松树下
在冷酒一样的积水中看到自己的倒影
好奇得用薄薄的翅膀蘸水

在远离温都尔汗的蝴蝶之乡
等待黎明时分到来的温都尔汗来的客人
夜游蝴蝶的流浪
给花的蝴蝶唱爱情歌曲。

蝴蝶之乡的乌黑的蚂蚁
用蝴蝶酒鬼在回家的路上遗失的
晶莹透明的翅膀碎片制作
遮挡满月白光、尘埃的门并关上
像在黑暗的屋里点上灯一样
留下亮光。关于蝴蝶酒鬼
蚂蚁给孩子们讲述发光的故事。

蝴蝶哭泣像骆驼哀鸣。
蝴蝶笑像小狗笑。
蝴蝶醉酒像女孩子醉酒。
蝴蝶睡觉像喇嘛安寝。

一九九一年

朝·呼兰
（一九六八年至今）

　　蒙古国著名女诗人，出生于乌兰巴托市。现任蒙古国总统宗教文化事业顾问。从二十世纪八十年代中期开始文学创作，出版《公主的旋律》《忧伤与释怀》等诗集。一九九五年获得蒙古国"水晶杯"诗歌比赛冠军。一九九九年获得蒙古国作家协会奖。

只读给母亲听的诗

听秋天山中的鹿鸣吧

等我成熟，妈妈你要长寿！

我只有一次让你幸福过，那是我来到这个世界

从此以后我一直让你辛苦。

只为我一个，妈妈你

曾经换过多少职业？

为我裁过婴儿服，为我缝过婚礼服，

从幼时到今天，妈妈你一直是裁缝。

我不知道医神是不是这样？

每当我发烧躺在床上，

你就彻夜俯在我床上，

你是世界上最好的医生。

每当我撒野任性，

你就逗我，扮成小丑在我面前转圈。

每当我无法完成作业发愁时，

明明写错了，你却是给我"优"的老师。

每当我去赴迟到的约会回来，

你是警察，抑或是门卫，

你是没有日月轮班的厨师，

是点着煨桑为我祈祷的喇嘛。

在我犯错时，

你是宣读判决书的法官，

又出于耐心的爱，

敢当律师为我辩护。

人们都说千手观音，

其实弱小的妈妈你的手更多，

博大的爱、母亲的称谓

实际上是世界给你的最高荣誉!

在连针眼都不放过的岁月中,

妈妈你一定要在我身边,

为了唤着"妈妈"让你高兴的

几个孩子,妈妈你一定要长寿!

亚 洲

圣主成吉思汗从马背上下来

在这里把自由还给两匹骏马

在尊贵的恒河边上苦行修佛

罗烈赫[1]的神笔描绘过少女的美……

悲情的芭蕉在这里写出黎明的俳句

白发苍苍的孔子在这里教三千弟子。

向南眺望向东瞭望都是亚洲!

在这罪恶埋住善良的世界

遮住脸羞愧的东方!

从这向外流出,难以启齿的世界

像合十的手掌,神秘的亚洲!

好比太平洋的水不会溢出来

睫毛湿湿的亚洲从来都是在心中哭泣

爱也在心中,恋也在心中,难以启齿是高贵!

欢歌笑语,幸福也在心中

泰姬陵把迷人的秘密藏在心中

美丽的女人把自己藏在锦缎

亚洲的一切都深藏不露。

丛林中的越南面对举枪的敌人

举起刀扑上去时,爱在他们心中

心中默默地谴责历经苦难的世界

喀尔喀河在蒙古,蒙古在我心中

四分五裂的欧洲失火——世界大战的烈火

---

1 罗烈赫:指俄罗斯画家尼古拉·罗烈赫(一八七四年至一九四七年)。罗
  烈赫喜欢东方宗教、印度诗歌,长期居住在印度,最后死在印度。

在手掌合十悲悯的佛陀的泪水中熄灭

智者束手无策、不得其解而摇头的

未被世界认识的、未向世界坦开胸怀的我的亚洲!

像不懂事的孩子,世界有时会绝望

焦虑,寻找救星,捶胸长叹

不要到处寻找,希望就在亚洲的心中

亚洲可是从无边无际的蒙古开始的……

夜行火车

有时候我的直觉能预示现实
因此年轻时我不会想到死亡
长而又长的前夜我却失眠了
门前的铁路上也没有断过火车经过的声音

莫不是天使来给我报信匆匆返回
一只急飞的鸟撞到窗户又飞走了
辗转反侧我好不容易送走了黑夜
这里的黎明还是迟迟没有到来……

一九八九年

巴·伊庆浩日劳
（一九七三年至今）

　　蒙古国著名女诗人，出生于蒙古国前杭爱省。现任蒙古国国家图书馆馆长。曾获得蒙古国作家协会奖，并两次蝉联蒙古国"水晶杯"诗歌大赛冠军。出版多部诗集。

棕色雄鹰

合着幸福八骏奔跑的节奏
展翅起飞的棕色雄鹰
乘着吉日嘎拉泰·德力格尔[1]的宽广音域
摊开悲伤的棕色雄鹰

只有在狂风劲流中逆向飞行
才会欣慰的棕色雄鹰
只有在辽阔旷野的长调中遨游
才会释怀的棕色雄鹰

驼队沉重的脚步
未能压垮的棕色雄鹰
催人叹息的岁月
未能击垮的棕色雄鹰

无比喜欢三十三个金色戈壁[2]
静静沙浪的棕色雄鹰
无限热爱三条蓝色江河[3]
滚滚波浪的棕色雄鹰

即使冲上无限的高度
也忘不了回巢的棕色雄鹰
即使飞到天涯海角

1　吉日嘎拉泰·德力格尔：蒙古长调歌唱家。
2　三十三个金色戈壁：指蒙古国的所有戈壁。
3　三条蓝色江河：指蒙古国的鄂尔浑河、色楞格河、图拉河。

也回到留恋的故乡的棕色雄鹰

要唱就不能中途停顿的
民歌里的棕色雄鹰
要爱就不能三心二意的
生命里的棕色雄鹰

呼　麦

蓝蓝的天抖着云彩倾听

蓝蓝的江河停下流淌来倾听

呼麦……

冲破九霄在呼啸

触到雄鹰胸口的呼麦

风把它拴在草尖上来倾听

月亮和太阳相伴来倾听

挂在哈那头上的马头琴阵阵颤动

眺望远方的眼中划过芦苇上的露珠

满杯的奶酒像凝眸的眼睛一样来倾听

野驴微微渗着带沙的汗水来倾听

遥远的地方深深扎根长出一片森林

让天空变高的呼麦

听到它的人

为什么还要勒住流水般走马的缰绳？

为什么还要解开白驼羔的羁绳？

真想让呼麦在遥远的地方扎根长出参天大树

去吻天上的仙女

然后在爱情中燃烧，直到死！

洒 祭

神啊！请给我一副好嗓子

我要一手牵着善一手牵着恶歌唱！

不懂悲伤的人不会明白自己在幸福之中

他们不相信悲伤也有幸福

他们从不厌倦隐形的生活

他们喜欢眼泪就像嗜好美酒

你我没有的一切对他们来说都是多余的

我却不屑向他们乞讨，哪怕一丁点！

我在人山人海中流浪的时候

听着童话长大的童年

却变成了我曾经的童话

没有补丁的心，没有欠债的幸福

我坐在树下讲述过多少遍啊！

在那些满怀希望寻找的日子里，

找到了吗？没有！连天堂里都没有！

走过来的岁月逐渐朦胧

在命运面前一半是顺利一半是挫折

因为海螺般单纯的心，曾经哭过多少回？

从感动世界的青春年华的悲伤中摆脱出来

流星般逃离的冲动一直缠着我

跟着改变世界的希冀走

却不敢说我的信念从未动摇过！

我不曾厌倦纯洁的一切

但冷漠的世界却冷眼注视着我

总把错误和罪恶塞给我，尽管我没有说过想要。
把我的青春放在你衡量得失的公平秤上，
请你从永远悲伤的梦中叫醒我！

罗·乌力吉特古斯
（一九七二年至今）

蒙古国当代著名女诗人、作家。出生于蒙古国达尔汗市。著有《第一辑》《春天多么忧伤》《长在苍穹的树木》《有所自由的艺术或新书》《孤独练习》《我的忧伤史》《在遐想的房间》《镜中的佛陀》等诗集，著有《留在眼镜上的画面》《所见之界》《城市故事》等小说集。曾获蒙古国作家协会奖、年度优秀诗集奖等奖项。二〇〇九年获蒙古国总统授予的"北极星"奖章。作品被译为俄罗斯、英国、法国、比利时、日本、匈牙利、韩国、中国等十多个国家的文字。

水上写的字

像鸟在天上不留足印

像鱼在水中不留身影

你在我的生命中穿堂而过

没有鸟的天空……

没有鱼的河流……

没有你的我剩下的只是不再是我的我

你说过的话像水上写的字一样消失

你的吻和口红从我的唇上一起消失

你走进我的生命变成我的一根发丝刚长出来就断了

你走进我的生命变成泪水滴落到心底就干了

只有从我找到你自己的你只是一根发丝

却被另一只鸟衔在嘴里飞回自己的巢了

雪落在树上

雪落在树上
变色的最后的叶子
不知道是痛，还是悲伤？
伟大的寂静——雪
伟大的生活——叶子
伟大的死亡——秋天
无论哪一个，都令我无法移开目光
雪落在树上
为了从我的心中一个个离开的他们
像叶子一样掉落的他们
无限痛苦过，那是昨天的，那是夏天的……
雪落在树上
而现在我的心中早已经亮了
格外的寂静，雪在树上

二〇〇二年

我想被解放

我想被解放
想从自己的身心解脱
从爱、渴望、贪欲、进取心
从无知和愚蠢、从妒忌和仇恨
想摆脱，想安静

身体变得透明
我变得清清澈澈
语言、思想变得洁净
我真的得到宁静

是啊！是，我想解脱这些束缚
然后从自己再出生一次

漆黑之中

漆黑之中
飞过的雁群啊!

你们要到哪里?
请把我带上吧!

我想立刻抵达
最高的山峰

想用发烫的双手
触摸夜里的石头
闻着风中飘散的长发
叹息,闭着眼

花朵在寂静中做梦
我想用脚尖去感受
花朵微微颤抖的呼吸

然后一点点踮起脚
一点点踮起脚

到达只不过是一颗星的
那颗星星

在我心中哭泣的一千只鸟

在我心中哭泣的一千只鸟

在我心中叫喊的一千只鸟

在我心中飞落的一千只鸟

不啊，不！

我只想闭上眼睛睡觉

关上窗户，拉上窗帘

把迸射炙人的太阳关在外面

关上门，锁得严严的

把到处嗅闻的春天关在外面

远离无法实现的希望、无法相见的思念

远离所有的向往

远离所有，只在梦中

只想在梦中生活

我想，我想宁静

一睁开眼睛

就从心中叫喊着争先恐后的……

到达月亮的绳梯

我顺着这个梯子，走着，走着，走着，走到月亮上
无始无终地爬着，爬着，爬着，我落到地上
我从那里带来无色土和无味草，
悄悄地藏在我的笔记本里

我经常莫名地悲伤
就用笔的眼睛触摸笔记本
这些无色无味的秘密蠢蠢欲动，
哦，我该如何描述？

有时候我找不到细细的绳梯
朋友啊，只有那时我真想死

我与众不同

每当我微笑着走向幸福

知道自己不向生活祈求任何东西

什么都不需要，除了春天

什么都不需要

爱和渴望，不是我的选择

不怕黑暗，不逃避死亡，

每当我听到擦肩而过的人的心

心有灵眸，知道自己与众不同

我什么都不需要，除了太阳

除了太阳我什么都不信仰

每当我逆着命运的安排而行

知道自己早已脱离了过去的生活

午夜下雪

漆黑的天空滴着白白的星星
有人在黑暗中哭泣
……这是多么的疏软！
这是多么的清爽宁静！

穿着发亮的薄薄的睡衣
我光着脚站在露台上
好像曾经是永远的冬天……
午夜在下雪

无限的美好飘满世界
有人在轻轻地叹息
无意中的忧伤……
在黑暗中飘落的雪光中
有人和我一样无法入眠

二○○二年

高·孟克其其格
（一九七三年至今）

蒙古国著名女诗人，出生于蒙古国东戈壁省赛音尚达市。曾任蒙古国作家协会主席，现任蒙古国国会议员。二十世纪九十年代开始文学创作，出版有《心灵的音讯》等诗集。二〇〇〇年获得蒙古国作家协会奖。

天堂的影子

我心如烈火，
你无法让它降温，
你并不适合它。
犹如风儿留恋
芳香的苹果树，
你无法离开，
也无法停留。
在荆棘丛中
有你的天堂，
那里正下暴雨，
犹如偷吃那
诱人的苹果，
你无法迷恋，
也无法放弃。
在遥远的地方
有你的天堂，
那里正雷雨交加，
犹如你陶醉在
迷人的花香，
你无法平静，
更无法逃避。
在我痴情的恋人
向我走来的路上
有深不见底的地狱。

爱　情

我的王子，你从哪里来？飞进我的生活

我长出翅膀随你飞翔

飞到果园却已经晕头转向

不是一般的迷路啊，我已经爱上了你

　　　情歌为何这般沉重和忧伤？

　　　我不会放你走，即便你百般乞求

　　　在青草的芳香被风吹散之前

　　　我用最美的花朵为你编织王冠

犹如燎原之火无法控制

你是让我失去理智的一团烈火

想牵住你的手，却无法靠近

我是不是疯了？我确实爱上了你

　　　抚摩着美丽的绸缎我无法下剪刀

　　　平行的镶边似乎预示着你我无缘

　　　我不会对你说，除了你我不爱别人，

　　　那是谎言，我也不是不懂爱情的小女孩

生　命

为了再次离别，我在这里降落
双翼筋疲力尽，但我还想飞翔
翅膀已经衰竭，无法承受远行
自由翱翔的天，与我渐行渐远

　　曾经在大地的怀抱里蹒跚学步
　　今天重重摔下来我也热爱大地
　　岁月如流后浪推前浪不再回头
　　只能嘱咐孩子飞向无限的遥远

老鹰也有青春岁月在天上度过
如今讲给儿子却吞吐这样艰难
天上流下的眼泪，归宿在小草
百感交集的心只想诉说再诉说

　　多少次起飞却每次都失去平衡
　　才明白飞翔的梦永远留在热巢
　　多少次向往蓝天却无法再起飞
　　其实蓝天留不住我飞翔的痕迹

阿·额尔敦敖其尔
（一九七二年至二○一八年）

出生于蒙古国东戈壁省赛音尚达。曾现任蒙古国作家协会主席。从一九九○年开始文学创作，出版有《明亮的鸟》《日月流光》《我积累的世界》等诗集。一九九九年获得蒙古国作家协会奖，二○○六年获得达·纳楚克道尔基奖。

黑眼睛

有个女人叫黑眼睛

人人都想看她一眼

一见她就堕入情网

听说这样的人不在少数

听说她的眼睛特别黑

黑得夜里都会发光

听说她的眼睛特别黑

白天见了都会迷路

黑眼睛的姑娘

在这世界上有不少吧？

谜一样的一个女人

被人们说得却如此神秘

特别黑的眼睛

会流出什么样的眼泪？

真想叫你坐在身边

逗你哭出眼泪

黑眼睛啊

未得一见的

黑眼睛啊

要么远离特别黑的眼睛走得远远的，要么吻特别黑的眼睛

要么共枕爱到世界末日，要么去死

思绪像漫长秋天的最后一片叶子

化作哀鸣揪心的小鸟在心中扑腾

在山脚下缓缓流淌的河水

潺潺水流像你的耳坠清脆的声音

风儿拨弄树枝摇摆叶子

好比我渴望你坐立不安

在带着你的微笑照亮我的洁白的月亮下面

如果有多余的幸福我只向你乞讨!

和你一起被八月的秋雨淋湿

把你飘扬的秀发上的雨水抖落在我的怀里

要么远离特别黑的眼睛走得远远的，要么吻特别黑的眼睛

要么共枕爱到世界末日，要么去死

真有美丽的黑眼睛

见了无法从心中抹去

她像落在花瓣上的蝴蝶

我在心中不知吻了多少遍

真有调皮的长睫毛

一闪一闪入梦来

多想梦想成真

醒来却发现妻子的手压在心口上

随着你的歌声

芳草在摇曳

我只到你的身边去

黄羊羔躲蚊子的夜晚

把十五的月亮

拴在蒙古包的哈那头

把你纤手的香味

留在彼此的手心

亲吻你的脸时

惊动了你的芳心

我却没有把未知的星星

命名为你的星星

真有美丽的黑眼睛

见了就无法从心中抹去

她像落在花瓣上的蝴蝶

我在心中不知吻了多少遍

真有调皮的长睫毛

一闪一闪入梦来

真想梦想成真

醒来却发现妻子的手压在心口上

沉重的祖国

草原虽然辽阔

却已不再碧绿

碱葱虽然还没开花

却沉重地低下了头

舒畅嘹亮的长调

虽然冲到云霄却黯淡了

熟悉的一切都离我而去，

你要去哪里？我的祖国！

祖先安息的山头虽然向阳

映入眼帘却冰冷无情

双手捧的哈达

虽然是哈达却不再圣洁

骏马虽然优美地颠跑，主人却倒骑在马鞍上

太沉重的悲伤沉淀在心中，

我要去哪里？我的祖国！

河流的欢歌笑语

不再是撒野的孩子

漂亮姑娘们的眼睛和美腿

蒙了一层路上的灰尘

孤独驼羔的揪心哀歌

划伤了遥远的天边

委屈和惨痛油然而生

却不知道有谁来分担，

你要去哪里？我的祖国！

掀起流逝的时间

古老的历史被翻开

滚滚海浪上的强风

被岁月追回

白茫茫的雨水

蒸发回到天上

用耀眼的闪电驱散云层

天上只是干打雷，

不再回头了吗？我的祖国！

好像寒春夜里蜷缩在熄火的蒙古包里

心一直坐立不安

受委屈的大地心寒透顶

把花草连根拔掉

在宇宙的空间

故乡飘忽不定

我们唯一的太阳

离开可怜的儿女们越走越远……

珍贵的一切，我从心中从意志中去寻找，

回来吧！我的祖国！

二〇〇六年

太　阳

虽然只有一个，却每天早晨都新鲜出炉，
我毕生都要赞美这轮神奇的太阳！
太阳光芒万丈给世界带来了生命，
领着完美宇宙运转，我们却视而不见。

太阳知道花草盛开，彩虹挂在天边
太阳知道母亲掀开幪毡，把羊群围圈
太阳也知道苍天发白，月亮悲伤
太阳也知道高处风大，草原在焦虑

遥远的古老岁月，太阳催动了宇宙的诞生
太阳绘制了掌印、命运之雨和雪花，
太阳给了我们降生在上面学会走路的故乡和泉水、小浅井
活着的时候人类只需有一个太阳在天上……

每天晚上的落日都是崭新的，
我赞美如此神奇的太阳直到生命结束！
只因生活在如此晴朗的太阳里，
博大宇宙的一切都应该心存感恩。

二〇〇六年

在母亲的心一样的草原上

在母亲的心一样的草原上有一座毡房……
我可怜的妈妈……
在像自己的心一样的草原上……
背着像荒原的悲伤一样的哀愁
远离故乡和母亲的我却在荒漠中……

迁徙的车马在遥远的地方，
　　　是在岁月的这头还是在岁月的那头？
缥缈的海市蜃楼在天边，
　　　是向我们飘来还是离我们而去？
人生在宇宙的掌控中还是在掌控之外？
凉爽的季节秋天是否已经来临？

清晨冻醒后
　　　一定想起了儿子，我的妈妈
注视着小鸟眼睛里充满了爱，
　　　一定想起了我的童年
调皮的儿子在门口做鬼脸
像惊飞的小鸟
　　　让你笑出声来

小驼羔孤独的哀鸣让你心痛不已……
见到小鸟的翅膀脱落了羽毛你心生怜悯……
盛夏已经预见冬天和春天的气息……
大千世界的一切让你朝思暮想……

在母亲的心一样的草原上有一座毡房……

我可怜的妈妈……

在像自己的心一样的草原上……

二〇〇六年

人生短暂，我们必须赶紧

人生短暂，我们必须赶紧

我要趁早赞美歌唱美好的一切

感恩，爱情，梦想

要赞美光明的一切留给后人

关于月光是如何照亮热恋中的情侣让他们害羞得幸福无比

关于美丽的你为什么没有成为我的人，我却永远忘不了

关于风中摇曳的花草悄悄地倾诉秋天的哀愁

我必须把牵动我心的这一切写出来才能变得神清气爽

骏马日夜奔跑回到故乡回到马群长长嘶鸣

雁群一阵阵鸣叫恋恋不舍地飞回南方

父亲骑过的骏马的头骨在敖包上闪闪发亮

生活并不是永恒的，我们也要歌唱这个道理

人生短暂，我们必须赶紧

我们趁早爱这一切，这爱伴随我一生

一九九七年

你的微笑给我带来微笑

你的微笑给我带来微笑
你的悲伤给我带来悲伤
你的信心给我带来信心
你的焦虑给我带来焦虑

你叹息时我心中的云就会翻滚
月季花上的露珠不再是露珠而变成了眼泪
一阵阵的清风躲到树林里去
月兔披着云的斗篷飞回月宫

你悲伤时我的心胸沉重得不能再沉重
过去、今天、未来的世界蒙上一层忧伤的雾霭
夜莺不再动人地歌唱
河水打转磕磕碰碰地艰难流淌

你心灵的美丽给我带来感伤
我悲伤的心像草原上的黄羊打起了精神
你思绪的真实给我带来太阳的温暖
有缘分的世界在宁静中光芒四射

你的微笑给我带来微笑
你的悲伤给我带来悲伤
你的信心给我带来信心
你的焦虑给我带来焦虑

二〇〇六年

岑·布彦扎雅
（一九七二年至今）

出生于蒙古国布拉干省。蒙古国作家协会领导小组组长。出版过《时间的翅膀》等三本诗集和《红鸟之歌》等长篇小说。获得过达·纳楚克道尔基奖。

长又长的路

长又长的路延续不断。

像忧郁的诗行

像没有意义的争论

像前生来世的想象

像四季轮回

像刚出生的婴儿的梦

像天地之间的距离

像功劳和灾难的差别

如此漫长的路延续不断。

像远处月亮上的雀斑

像车轮滚滚

像故事，像故事的开头

像老人，像老人的传记

像嫉妒，像嫉妒者的亲人

像民歌，像民歌的作者

太长的路延续不断。

像永远的发动机

像关于冰山的思考

像逝者的数量

像除我之外的人做的梦

像人的梦想

像人的欲望

如此漫长的路延续不断。

这条路没有起点

这条路没有终点……

道·宝鲁德胡亚嘎

（一九七七年至今）

出生于蒙古国首都乌兰巴托。蒙古国文化先进工作者，历史学博士，现任中国国际广播电台外国专家。二〇一一年获得蒙古国"水晶杯"诗歌比赛冠军。出版了八部诗集。

蒙古语

公狼在兴安岭上长啸是长调冲天的尖端
用长调安慰离别的痛苦是高原上的风
远古的故乡卷起高原的风是临产母亲的阵痛
从母亲怀里来到世界竭力啼哭是我的蒙古语

骏马从遥远的天边奔回故乡是骤雨的弹拨
原野上骤雨突降是柔情三弦的旋律
喉结发干柔情三弦哀泣是剖白内心的话语
支支吾吾地表白内心是我的蒙古语

额尔齐斯河带着沉思缓缓流淌是呼麦宽广的音域
触摸心肺的宽广呼麦是苍老雄鹰的呼唤
羽毛苍老的雄鹰收拢双翅沉默是父亲金子般的遗嘱
祖先强调又强调留给我们的遗嘱是我的蒙古语

贝加尔湖长鬃飘扬汹涌澎湃是右旋海螺的回响
右旋海螺在右耳中回响是森林在风中呼啸
强风中森林呼啸是勇士发起进攻时的震天呼喊
从历史中传来成吉思汗勇士们的呼喊是我的蒙古语

在蒙古人居住的辽阔美丽的广袤土地上
从一颗沙粒滚动到天上雷声轰隆
用心倾听大地母亲吟唱的所有美妙的声音
祖先的祖先创造给我们留下了太美的蒙古语!

二〇〇八年至二〇一一年

听赞庆诺日布[1]的交响乐

听赞庆诺日布的交响乐——

古老的历史在苍茫大地上复活

江格尔、格斯尔的英雄们镇压蟒古思恶魔

蒙古大草原上盾牌和大刀叮当交错

骑马的勇士们拼杀呼喊震天动地

银色的月亮从天窗静静洒下来

冲破天穹的流星划过夜空

云群像驼队一样牵着鼻勒缓缓飘移

春天的河流带着碎散的冰凌隆隆激流

听赞庆诺日布的交响乐——

东方的天空出现粉红色的黎明

飞落的小鸟合唱爱情的赞美诗

琴弦上的五音超越底线跳跃

绿度母的眼中噙满珍珠的泪滴

远方的群山在晴岚中缥缈不定

微微的清风里沙浪静悄悄坍塌

羁绊的骏马在山坡的雪地上绘制着镶边

红色的驼羔呼唤着母亲低声哀鸣

听赞庆诺日布的交响乐——

晨露在阿尔泰雪莲的花瓣上滚动

棕色雄鹰在辽阔的天空中自由翱翔

---

1 赞庆诺日布：蒙古国当代最著名的作曲家。他创作的交响乐作品深受蒙古
人民的喜爱。

千万只黄羊像地震似的卷起雄风

密林里的雄鹿鸣叫把浓雾驱散

雨后的草原上芳草摇曳迷人心肺

五色彩虹双双挂在天边

木碗中的马奶随着呼麦溅出口

留下童年长大成人快出嫁的女孩泣不成声

听赞庆诺日布的交响乐——

正午的太阳烤红了戈壁的沙砾

蜥蜴爬到牛粪堆上气喘吁吁

北斗七星像七位老人在天上吸烟聊天

月亮挂在两座山之间夜宿草原

草原般辽阔的旋律催人激荡

唤醒心中等待已久的灵感，诗行喷涌而出

这世界上再没有第二的音乐天才的作品

令我低下高傲的头向艺术频频致敬！

二〇〇七年

迎接死亡的诗

我在母亲腹中时你就和我结缘
无时无刻不是你在朝着我步步逼近
死亡啊，我双手捧着哈达迎接你
真心欢迎你来到我的身边！

我只要排在母亲后面，今天明天死去都没有关系
患上不治之症和遇上不幸的遭遇暴死都没有区别
就像最初来到世界我双手空空回去
没有多余的配饰干干净净进入永恒的安详

他人的死亡是我来到这个世界的理由
我也为他人腾出他们来到世界的空间
不知杀害多少生命以维持自己生命的结果
我把死后用尸体喂食蛆虫当作自己的职责

它们吃到我的肉体一定会繁殖增长
再化作世界的营养让植物根须吸收
草叶为每一个可歌可泣的生命
将会提供在世上生存必需的食粮

生物的生态链　永远不会断裂
我的生命会更换形态循环不止
我将归还从大地母亲那里借用的一切
成为轮回不断的巨大齿轮的动力

活着的意义只有在死亡中才能被理解

所谓的幸福就是与你相逢的代名词
微乎其微但是却留下了我的足迹
什么都不需要，我只等待宁静

睿智与愚蠢和富饶与贫穷一视同仁
我非常佩服你公正不阿的品质
我把任性的诗人在心中收藏一生的
苦难这个包袱最后交给你，我的死亡

我相信你不会把我送到地狱
我也不会求情去空洞的天堂
我相信死亡不是我生命的终结
而是我在永恒存在中的光辉起点

二〇一一年

奥·岑德 – 阿尤希
（一九八八年至今）

出生于蒙古国扎布汗省额尔德尼海日汗苏木。从事文学工作。出版过《雾中》《悲伤的旋律》等诗集，获得过蒙古国作家协会奖。

天上打雷

天在打雷

天上满满的都是骑马的人在疾驰

骑马的人们把星星当作火把举在手中

挤满了黑暗的天空

迎头疾驰

却毫发无损

天在打雷

乌黑的云在马蹄下

像石桥隆隆作响

疾驰的骑手们在天上没有踩踏之地

手中的火把燃烧着黑暗

疾驰到底的骑马的人们的坐骑四蹄踩踏什么？

百思不得其解让人苦恼

天在打雷

骑马的人们在天上疾驰

像波涛汹涌的大海

海鸥嘶喊海岸相撞

亿万个骑马的人

互相迎面疾驰

挤满了天空

在乌云翻滚的小小空隙中

扁舟一样的小庙

被风固定在

月亮漫游的天上

天在打雷

天上有骑马的人们在疾驰

神僧合掌　站在天上

注视着争先恐后迎面疾驰的骑手们

骑马的人们把星星当作火把举在手中

为了撞个满怀撞个粉身碎骨

像迎面蔓延的大火烧尽一切

像当头相撞的洪水卷走一切

天在打雷

天在破裂

从天上飞落一切

从乌黑云层的裂缝、从一道道闪电的缝隙

掉下一副副马鞍裂成碎片向草根飞落

钢铁马镫的碎片满天飞

叮当响落满大地

烧红的铁盔

向铁匠的砧铁飞落

短弓和弯刀互相碰撞

向我们的土地飞落

像洒了鲜红的染料

神僧的袈裟在向鲜花飞落

扁舟一样的小庙坍塌

向合掌祈祷的人们飞落

从天上飞落一切

未能在永恒的天堂永驻的骑马的人们

为了让每一位父亲都用毡子剪狐狸[1]

1　蒙古人的风俗，父亲用毡子剪狐狸挂在婴儿的摇篮上。传说，狐狸会在婴儿的梦里骗孩子说其母亲死了，从而引起孩子啼哭引起孩子身体不适。

向即将做母亲的人们飞落

一直疾驰到最后一刻

撕裂了苍天的马群

在种马收回母马的瞬间

向它们嘶鸣着飞落

天在打雷

从天上飞落一切

天在碎裂

骑马的人们在天上

向蒙古飞落

二〇一七年

带着无声的忧伤

带着无声的忧伤
我等你
在灰蒙蒙的天空下
我让自己变成了石碑

带着无声的忧伤
我想你
在迁徙的云下面
我让眼睛变成鱼的眼睛

带着无声的忧伤
我思念你
在清风中
我看到自己的腿变细了

带着无声的忧伤
我想着你
我经常分不清
自己在现实中还是梦中

巴·巴特札雅
（一九八二年至今）

出生于乌兰巴托。从二〇〇八年开始写诗，出版过《再见，忧愁》《诸多感动》《酒瓶里的诗》等诗集。

白

白是信任的颜色——
我信任时间。
白是等待的颜色——
我把白纸摊在面前等待
离我而去的那个人回头看我。

如果她回头向我微笑，我想
把心里想说的话写在这张纸上。

白色是氧气罐
药片，心理治疗。
白色是医院的天花板
是医生的白大褂，是即将到来的死亡
是离我而去的那个人
开始被我遗忘的脸。

白色是露出来的牙齿。
　　把这句话理解为微笑的某人。
白色是夜空，银河。
　　像离开银河的
　　流星一样孤独的某人。

白色是靠窗的座位——云群。
白色是巨大的枕头，柔软温暖的被褥。
白色是
"如果想品尝星星，赶紧过来看"的纸条。

白色是

"我现在才活着"的信心。

白色是

两克可卡因，八克精液。

白色是在贫民区尝试过的

"三十五个小时的诗歌"

白色是

惊叫一声"我的天，这种生活怎生是好？"

白色是

可以出现在我墓碑上的一行诗。

白是我不能看的头发的颜色。

白是我正在吸的香烟的纸。

是虽然凝着霜但还能透光的窗户

是虽然有裂缝但还没有裂开的蛋。

我不说

葬礼上为什么人人穿着黑色

人们为什么把牙齿藏起来。

现在白对我来说不是颜色！

你回不回头现在也和我没有关系。

最终白是爱……

虽然是爱但对我来说

只不过是摊在我面前的

还没有用铅笔写字的纸……

我的母亲

"秋天了！"叹息一声
想起了妈妈
我的妈妈像秋天

盯着太阳看了一会儿
眼睛流泪了
我的妈妈像太阳

二〇一〇年

今天我们俩见面，我哭给你看

今天我们俩见面
我哭给你看
告诉你我心中有
世界上最干净的东西

一滴滴咸水汇成大海
显得这样悲伤
泥土和沙子曾经都是人
他们为什么没有被眼泪溶解
关于人
还有让人信以为真的以假乱真
关于你的梦想
还有并不渴望的那个真
我——告诉你

今天我们俩见面
我哭给你看
告诉你我心中有
世界上所有的海洋

二〇一一年

生活在不写诗的人们中间

在美得简直让人叹息的世界
生活在不写诗的人们中间……

春天正在到来
夏天继续，秋天接着到来
看着，想着
或者，无论，等待

简直让人叹息的这样的生活中
在不写诗的人们中间
写诗、孤独
要么焦虑

叶子，云的美，还有
鸟儿飞翔的自由
秋天的变化和
死亡、离别、迷茫

美得简直让人叹息的这个世界
看着
春天被遗忘，夏天已经过去
秋天和冬天正在路上
在不写诗的人们中间
写着诗生活真是太……

长在山坡上的草

长在山坡上的草
和时间手拉手
爬向山顶

我写下的诗歌的生命
抛下写诗的纸
融入你的心

那时候
我自己
变成你的心

二〇一〇年

译后记

　　我开始翻译蒙古国现代诗歌是二〇〇〇年，距今已经有十八年了。二〇〇〇年，我给北京大学东语系的蒙古语专业本科生讲授了《蒙古国现代诗歌》，自编讲义上课，在授课过程中翻阅国内以往出版的蒙古国诗歌中译本，发现了一些翻译问题，萌生了重新翻译蒙古国诗歌的想法。于是第一个翻译了蒙古国现代文学奠基人达·纳楚克道尔基的名诗《我的祖国》。当时我说过这样的话："在外国文学的译介和研究中最主要的基础和前提就是高质量的作品翻译，而且文学作品翻译的版本不应该是孤本。只有这样，读者和研究者才能在比较不同翻译版本的过程中找到参照点，才能更好地理解一部外国文学作品。我认为这些都是在东方文学研究中蒙古国现代文学不受重视的主要原因。如果不提供高质量的文学作品翻译，东方文学的研究者们就无法了解蒙古国现代文学的情况，其结果只能给蒙古国文学留个空白。"就这样，我断断续续翻译了蒙古国诗人的一些作品，并得到了同道们的认可和鼓励。但是，却没有想到集中精力完成一部完整的蒙古国诗选却等待了如此漫长的时间。

　　从二十世纪五十年代开始，达·纳楚克道尔基、呈·达木丁苏伦、乔·齐米德、宾·仁钦、洛岱丹巴等蒙古诗人和小说家的代表作被翻译到国内，受到我国读者的广泛青睐和喜爱。蒙古国文学在我国的译介，可以分作三个阶段，这三个阶段分别体现出中蒙两国文学翻译和文化交流的时代特征。（一）二十世纪五六十年代，是蒙古人民共和国现代文学被集中翻译介绍到中国来的第一个阶段，也是中蒙建交平稳发展的美好时期。当时，翻译蒙古文学主要有根据蒙古文原著翻译（主要是诗歌翻译）和根据俄译本转译（主要是小说翻译）两种途径。霍尔查、陶·漠南、诺敏等老一辈蒙古族翻译家根据蒙古文原作，翻译了达·纳楚克道尔基的《我的祖国》、呈·达木丁苏伦的《白发苍苍的母亲》等名诗和歌剧《三座山》，翻译蒙古国诗歌的代表作可以举出霍尔查、陶·漠南译的《我的祖国——蒙古人民共和国诗集》(上海新文艺出版社一九五五年)。(二)二十世纪八十年代,洛岱丹巴的《清澈的塔米尔河》等一部分优秀蒙古小说被翻译成中文介绍给国内读者,但是因为翻译者的水平和对蒙古文化的理解不够深入,译本在国内读者中的反应比较平淡。(三)众所周知的原因,二十世纪八十年代中后期开始的蒙古国社会转型和思想变化直接引起各种文学思潮的涌现和创作方法的多样化,打破了原来单一的社会主义文艺思想和现实主义创作方法的格局,进入了摆脱单一模式、向多样化发展的趋势,我国评论界和翻译界一时很难用一种标准概括和定位蒙古国文学。进入二十一世纪,蒙古国文学呈现出多元繁荣的态势,经过社会变革的老作家们写出了更具历史厚重感和思想深度的作品,新锐的青年作家们写出了与时俱进的艺术性很高的作品。随着中蒙两国文化交流的深入发展,面对蒙古国文学的繁荣,国内一批青年翻译家把眼光转向了蒙古国文学的译介,哈森、朵日娜、照日格图等青年翻译家在蒙古国诗歌和小说翻译方面取得了不小的成绩。其中,哈森翻译的《巴·拉哈巴苏伦诗选》《蒙古国文学经典·诗歌卷》《罗·乌力吉特古斯诗选》等为国内读者了解蒙古国现代诗歌做出了一定的贡献。此外,二〇〇七年台湾春晖出版社也出版过一本由塔赫、李魁贤翻译的《蒙古现代诗选》。

本书是"'一带一路'沿线国家经典诗歌文库"中的一本,蒙古是草原丝绸之路上的重要国家,而且蒙古民族素以诗歌民族享誉世界。因此,接受翻译《蒙古国诗选》的任务之后,我倍感压力巨大。首先,正如我在前言中说过的那样,真正代表蒙古民族诗歌传统的优秀作品的翻译难度都相当大,能够准确地翻译成符合国内读者阅读习惯的汉语并且保持原汁原味,对任何一个翻译家来说都是莫大的挑战。其次,蒙古国诗人太多,在丛书规定的篇幅内选择翻译代表性诗人的代表性诗歌,不遗漏重要诗人和重要作品,兼顾国内读者的审美兴趣和蒙古国文学界的感受,实际上很难做到两全其美。但是,凭着翻译过一七一六年北京木刻本《十方圣主格斯尔可汗传》和《老人与海》的经验和勇气,我知难而上,经过痛苦的努力,终于完成了全部翻译工作。

我曾经也是文学青年,从小喜欢写诗,十四岁开始发表母语诗歌作品,想当一名诗人一直是我的梦想。从大学时代到现在,我也出版过《蒙古人》《泪月亮》《琥珀色的眼睛》《吉祥宝驹》《多兰诗选》等七本诗集,并且蒙古国著名诗人唐古特·嘎拉桑把我的诗集《蒙古人》转写成蒙古国通用文字基里尔蒙古文，于二〇〇六年在乌兰巴托出版，向蒙古国文学界介绍了我的诗歌，从此我和蒙古国的诗人们结下了深厚的友谊。为了翻译好《蒙古国诗选》和获得蒙古国诗人的授权，二〇一七年八月份我赴蒙古国参加了第三十七届世界诗人大会，做了一趟难忘的诗歌旅行。世界各地的诗人云聚在蒙古，在国家宫举行了盛大的开幕式，在"别·雅沃胡朗诗歌公园"举行了诗歌朗诵会，我也作为中国诗人代表激情朗诵了自己的诗歌《蒙古人》，接着我们乘坐绿皮火车去了诺彦呼图克图丹津拉布杰的故乡——蒙古国东戈壁省，在丹津拉布杰名诗《殊性》的石碑前朗诵诗歌，举行小型诗歌那达慕，夜里继续朗诵诗歌。而且，正当世界各国的诗人们激情朗诵诗歌的时候久旱的戈壁感动得下起了雨，大家高兴地喊道："是诗歌带来了雨水！"这次蒙古之行，让我更加感受到自己翻译蒙古国现代诗歌的责任之重大，而且下定决心一定要把美丽的蒙古诗歌优美地翻译给国内读者。

从编选诗歌篇目到具体翻译，得到了许多蒙古国诗人朋友的无私帮助。他们不仅无条件地授权给我，而且还把自己最满意的诗歌作品交给我，特别是蒙古国诗人拉·蒙克图日还自愿承担了帮我编选诗歌的任务，帮我联系我在乌兰巴托期间未能来得及见面的诗人朋友让他们一一签字授权。翻译初稿完成后我请蒙古族著名翻译家哈达奇刚先生、青年翻译家朵日娜女士和蒙古族著名诗人波·宝音贺希格帮助我审读和把关，他们牺牲春节期间与家人欢聚的时间认真阅读译稿并提出了许多重要的修改意见。我的学生、西安交通大学的张文奕博士这次又帮我认真修改和润色了译文，使之读起来更加通顺达意。几位专家也是我多年的文学朋友，他们无私的帮助给了我更大的自信，也让我对译稿有了信心。如果翻译书稿中还存在这样那样的不足和缺点，那完全是我自己的责任。无论如何，我要感谢默默帮助我的朋友们和我一起共同完成了这本《蒙古国诗选》。

最后感谢"'一带一路'沿线国家经典诗歌文库"的组委会和北京大学外国语学院领导对项目的高度重视，感谢作家出版社的领导和本书责任编辑懿翎、徐乐的辛勤劳动。

我们经常听到有人说："诗歌翻译就像翻地毯。"母语诗歌是精心编织、花纹美丽的地毯正面，翻译过来就变成了布满线头的地毯背面。但是，总得有人去从事诗歌翻译这种苦差。我想，翻译诗歌也好，翻地毯也好，关键是要对诗歌或者地毯有一番深入研究。我的母语是蒙古语，因此蒙古国现代诗歌这块美丽地毯对我来说不算陌生，但是为了更好地把蒙古国诗歌的意境和韵味原汁原味地翻译出来，我对选择翻译的每一首诗歌作品都做了认真的研究。每一个翻译家都希望自己翻译出来的是诗歌，而不是地毯背面。我也一样。至于是否达到了预期目的，就交给读者朋友们去评论了。

陈岗龙

二〇一八年三月五日于北京大学燕北园

总　跋

经过两年多时间的筹备与组织，"'一带一路'沿线国家经典诗歌文库"终于将陆续付梓出版，此刻的心情复杂而忐忑，既有对即将拨云见日的满满期待，更有即将面见读者的惴惴不安。

该项目于二〇一五年下半年开始酝酿，其中亦有不少波折和犹疑。接触这个项目的所有人都无一例外地认为，这是应该做而且只有北大才能做的事情，也无一例外地深知它的难度。

"一带一路"跨度大、范围广，多语言、多民族、多宗教、多文明交融，具有鲜明的文化多样性特征。整个沿线共有六十余个国家，计有七十八种官方或通用语言，合并相同语言后仍有五十三种语言，分属九大语系。古丝绸之路尽管开始于政治军事，繁荣于商旅交通，但其更重要的意义在于促进了人类文明的交往。它连接了中国、印度、波斯和罗马等文明古国，跨越埃及文明、巴比伦文明、印度文明、中华文明的发祥地，是东西方文明交流互鉴的重要通道。

如何更好地展现"一带一路"沿线人民的文化特质和精神财富，诗歌无疑是最好的窗口。诗歌是文学王冠上的明珠，精敛文学之魂魄，而经典诗歌则凝聚着各个国家民族的文化精神和文化理想，深刻反映沿线国家独有的价值观和对世界的认识。长期以来，中国学界和出版界一直比较重视欧美发达国家诗歌的译介与研究，对发展中国家尤其是一些弱小国家的诗歌研究存在着严重忽略的现象。我们希望通过对"一带一路"沿线国家经典诗歌的研究，深刻地了解一个国家，理解它的人民，与之建立互信，促进国内学界对"一带一路"沿线国家文学、文化和文明的了解，弥补我国诗歌文化中的短板，并为中国诗歌走向世界提供思路和借鉴，从而带动与"一带一路"沿线国家的深层次交流，为中国的对外交往和"一带一路"倡议的实施提供人文支撑。

北京大学外国语学院组织国内外相关领域的专家学者，于二〇一六年一月，正式启动"'一带一路'"沿线国家经典诗歌文库"项目。该项目以北京大学人文学科的优良传统和北大外语学科的深厚积淀为基础，以研究和阐释"一带一路"沿线国家厚重的历史、文化内涵为己任，充分发挥本学科在文学、文化研究领域的传统优势和引领作用，积极配合和支持国家的"一带一路"倡议，为中外优秀文化的研究、互鉴和传播做出本学科应有的贡献。

北京大学外国语学院牵头组织的"'一带一路'沿线国家经典诗歌文库"项目，旨在翻译、收集、整理和编辑"一带一路"沿线六十余个国家的诗歌经典作品，所选诗歌范围既包括经典的作家作品，也包括由作家整理的、具有广泛影响力的史诗、民间诗歌等；既包括用对象国官方语言创作的诗歌，也包括用各种民族语言创作、广泛传播的诗歌作品。每部诗集包括诗歌发展概况、诗歌译作、作者简介等三个部分。

在此基础上，形成由五十本编译诗集构成的"'一带一路'沿线国家经典诗歌文库"第一批成果，这将弥补中国外国文学界在外国诗歌翻译与研究方面的不足，特别是对部分"一带一路"沿线国家的经典诗歌开展填补空白式的翻译与原创性研究工作具有重大意义，同时对沿线诸多历史较短的新建国家的文学史书写将具有十分重要的价值。

该项目自启动以来，先后成立了编委会和秘书组，确定项目实施方案、编译专家遴选以及编选的诗歌经典目录，并被确定为北京大学一百二十周年校庆的重要出版项目之一，得到学校、校友及社会各界的大力支持，建立起以北京大学外国语学院为核心，汇集国内外相关领域知名专家学者、翻译家的翻译、编辑团队，形成了一个具有高度共识和研究能力的学术共同体。

在这个共同体中的每个人都是幸福的，与诗为伴，以理想会友，没有功利，只有情怀。没有人问过我们为什么要做，每个人只关心怎样可以做得更好。无论是一无所有之时还是期待拿到国家出版基金支持之日，我们的翻译团队从没过犹豫和迟疑，仿佛有没有经费支持只是我一个人需要关心的事情，而他们是信任我的。面对他们，我没有退路，唯有比他们更加勇往直前。好在我一直是被上苍眷顾和佑护的人，只要不为一己之利，就总能无往不胜。序言中，赵振江教授说了很多感谢的话，都代表我的心声，在此不再重复。我想说的是，感谢你们所有人，让我此生此世遇见你们。如果可以，我还想在此感谢我的挚爱亲人，从没有机会把"谢谢"说出口，却是你们成就了今天的我。

希望通过我们台前幕后每一个人的努力，把"'一带一路'沿线国家经典诗歌文库"项目打造成沿线国家共同参与的地域性的文化精品工程，使"文库"成为让古老文明在当代世界文化中重新焕发光彩、发挥积极作用的纽带和桥梁。

人也许渺小，但诗与精神永恒。

宁　琦

写于二〇一八年"文库"付梓前夜，北京

图书在版编目（CIP）数据

蒙古国诗选 / 赵振江主编；陈岗龙编译 .—北京：作家出版社，
2019.8（2019. 9 重印）

（"一带一路"沿线国家经典诗歌文库 . 第一辑）

ISBN 978-7-5212-0472-8

Ⅰ.①蒙…　Ⅱ.①赵…②陈…　Ⅲ.①诗集－蒙古－现代
Ⅳ.① I311.25

中国版本图书馆 CIP 数据核字（2019）第 067419 号

蒙古国诗选

主　　编: 赵振江
副 主 编: 蒋朗朗　宁　琦　张　陵
编 译 者: 陈岗龙
选题策划: 丹曾文化
责任编辑: 懿　翎　徐　乐
装帧设计: 曹全弘
出版发行: 作家出版社有限公司
社　　址: 北京农展馆南里 10 号　　**邮　　编:** 100125
电话传真: 86-10-65067186（发行中心及邮购部）
　　　　　　86-10-65004079（总编室）
E-mail:zuojia @ zuojia.net.cn
http://www.zuojiachubanshe.com
印　　刷: 北京通州皇家印刷厂
成品尺寸: 160×240
字　　数: 591 千
印　　张: 26.5
版　　次: 2019 年 8 月第 1 版
印　　次: 2019 年 9 月第 2 次印刷
ISBN 978-7-5212-0472-8
定　　价: 87.00 元